文春文庫

死体は語る 2

上野博士の法医学ノート

上野正彦

文藝春秋

はじめに

監察医の仕事は、ものいわぬ死体の声を聞くことである。
人は死んだあとも「名医」にかからなければ、本当の死因を明らかにすることはできない。死体の声無き声を聞くために、私は「八何《はっか》の原則」を常に心がけてきた。

一何の原則＝「いつ殺されたか」（時間）
二何の原則＝「どこで殺されたか」（場所）
三何の原則＝「誰に殺されたか」（犯人）
四何の原則＝「単独犯か、共犯者がいるのか」（共犯）
五何の原則＝「なぜ殺害されるにいたったのか」（動機）
六何の原則＝「誰が殺されたのか」（被害者）
七何の原則＝「どのように殺されたか」（方法）
八何の原則＝「最後はどうなったのか」（結果）

なかには、警察に任せておけばよいというものもある。事実、「八何の原則」はもともと警察の捜査の心得であったが、監察医としてこれらに留意することによって、検死や解剖での見落としを少なくし、ひいては事件の全容解明に繋がるのだ。

たとえば、ひとつめの原則「いつ殺されたか」は、死亡時間を推定するための考え方のことである。「いつ殺されたか」は、現場周辺の聞き込みや容疑者のアリバイ確認など、容疑者の絞り込みを行う上で重要な出発点となる。

死体の状況から、死亡後どれほどの時間が経過したかを割り出していく。本書でも取り上げるが、死斑の色や出現場所（第1講）、体温低下の程度（第3講）、死体の色や腐敗、ミイラ化の度合い（第4、5講他）など、様々な視点で死体を検討するのである。

本書では、こうした死体と語るための知識や道具を紹介する。30年前、東京都監察医務院退官後に初めて上梓した『死体は語る』は多くの読者を得たが、本書は、監察医としての経験で学び、実践してきた知識を体系的にまとめたものである。担当編集者は「上野法医学の集大成」と呼んでいる。もともと警察官を読者とする専門雑誌に掲載した連載をまとめたものだが、専門家のみならず、一般の読者の方々にもご興味を持っていただけることと思う。

法医学は、死体に現れた様々な現象を詳細に観察し、隠された〝嘘〟を見抜き、謎を解いていく。法医学はおもしろい。

死体は語る2

上野博士の法医学ノート

◉目次

死体は語る２

上野博士の法医学ノート

第1講 偽装を見破った話（死斑篇）

72歳のおばあさんの首吊り自殺を、病死と偽った遺族。生命保険を得るために、社長である父親の首吊り自殺を、強盗による絞殺と偽装しようとした息子。真相を明らかにしたのは、「死斑」の出現場所——両下肢と両前腕部——だった。

自殺を病死に偽装

検死のため警察官に案内されて、死亡者の自宅へと向かった。道すがら、立会官である警部補に、事件の内容を聞くと、72歳のおばあさんで、3世代同居。病気もせず元気であったが、数日前から風邪気味だったという。

今朝、起きて来ないので、昼近くに様子を見に行くと、布団の中で寝たまま。様子がおかしいので、すぐ近くの医師に診てもらったが、医師は「死亡されていたし、初めて診る患者さんなので死因も分かりません。これは警察に届け出なければなりませんね」と言い残し、帰ってしまった（医師法第21条）。

東京都23区内は監察医制度が施行されている地域なので、このような死亡は、変死として、監察医が警察官立会いで検死をすることになっている。

検死をしても死因が分からなければ、解剖して死因を明らかにしなければならない制度である。こうして死者の人権を守っているのである。

犯罪には関係しないが、死因がはっきりしない不審、不安のある死に方は、監察医の判断で解剖する。これを行政解剖という（死体解剖保存法第8条）。

犯罪が絡んだ場合は、検察官検事の指揮により司法検視、司法解剖をすることになる。

検死をするため、顔にかかった白い布を取ると、顔は蒼白で首にはタオルが巻かれていた。「なぜ、タオルを巻いているのか」と聞くと、「風邪気味で喉《のど》が痛い」と言っていたからでしょうとのことであった。気にもせずタオルを除去し、着衣を脱がせ裸にして、検死を始めた。

体を裏返し背面を見ると、背中に赤褐色《せっかっしょく》の死斑《しはん》が見えるはずだが、おばあさんの背中は蒼白で、死斑は出現していない。

おかしいと思ってよく見ると、両下肢と両前腕部に死斑が出現している。さらに首を見ると、索条痕《さくじょうこん》（紐《ひも》の圧迫痕）がはっきりと見える。

首吊りであることが分かった。タオルは索条痕を隠すためのものだったのだろう。

私は家族に何の説明もせず「病死ではありませんね。首吊りですよ」と言うと、家族は語気を荒らげて「そんなはずはない。風邪だ」と言い張った。

しかし死体は語っている。

首には索条痕があり、さらに死斑は首吊り特有の様相を呈しているからである。

死ねば心臓の拍動は止まり、血液の循環も止まる。血圧もなくなるので、血管内の血液は重力の方向に下垂する。背中を下にしていれば、背中の毛細血管に血液は流れ集まってくる。仰臥位《ぎょうがい》（仰向け）であれば背を下にしているから、背中の毛細血管に血液は集まってくる。その血液が皮膚を透かして赤褐色に見えるのが死斑である。

おばあさんの背中に死斑はない。両下肢と両前腕部、つまり末端部分に出現し、腰から上の上半身に死斑はない。おばあさんは仰臥位ではなく、長いこと立位の姿勢でいたことが、死斑から読み取れる。

しかし、家族は「首吊り自殺ではない」と、強く言い張る。

「それでは死因を明らかにするため、行政解剖をします。警察の捜査も厳しくやり直しになりますよ」と、私が言うと、家族は一瞬たじろいだが、自分たちが疑われていることに気付いたのか、しばらくして「すみませんでした」と、謝りながら真相を語り出した。

おばあさんの部屋へ様子を見に行ったら、鴨居から腰紐で首を吊り、宙吊りになっていた。足場にしたと思われる踏み台は、かたわらに倒れていた。定型的縊死《いし》、自殺であった。これではまずいと思った息子夫妻は、慌てて布団に寝かせたのである。その時のおばあさんの身体は硬く、マネキン人形のようであったと、夫婦は言っていた。これは死体硬直が強度に出現していたからである。

自殺を他殺に偽装

負債をかかえた社長が、多額の生命保険に加入した。家族に迷惑を掛けないための配慮であった。しかしそれから数か月後、いつものように息子が出勤すると、父である社長はトイレで宙吊り状態になって死んでいた。遺書があり、自殺したことは明らかであった。

息子は遺書を焼き捨て、社長を机の脇に運び、床に寝かせて、首に紐を巻き付けた。さらに机の引き出しを開け、書類などを室内に散乱させた。あたかも強盗殺人の様相に現場を変えたのである。

自殺では保険金がもらえない。強盗殺人の被害に遭ったことにしようと考えたのである。

このような事件の背景が、警察の捜査によって分かった。しかしこの捜査を裏付ける死体所見がなければ、事件は終わったとは言えない。

それではその死体所見について述べることにしよう。

首吊り自殺と、絞頸《こうけい》による他殺の死体所見はまるで違うのである。宙吊りの縊死は定型的縊死と言い、全体重が首の紐にかかるので、気管は圧迫され、呼吸はできない。同時に側頸部《そくけいぶ》を通り、頭部顔面に分布する血管や神経も、強い圧迫によって血流は停止し、神経の機能も麻痺《まひ》するので、心臓も呼吸も止まって死亡状態になる。したがって顔面は蒼白で、眼瞼結膜《がんけんけつまく》の溢血点《いっけつてん》もない。

首の索条痕は、図1のように、前頸部から下顎の下を通り、耳の後方を後頭頂部に向かって消えていく。首吊り特有の索条痕である。発見が遅れれば、死斑は下半身に現れ固定されてくる。

絞殺の場合の索条痕は、ネクタイを巻くように頸部を水平に一周する。紐を首に1回まわし、人の力で紐を絞めるので、首の皮下の浅い所を通り、心臓に戻る頸静脈は圧迫されて血流は阻止されるが、深い所を通り、頭部顔面に流れる頸動脈は、紐の圧迫を受けにくいので、索条物より上部の顔面に強いうっ血をきたして死亡する。

顔面のうっ血が強く出現し、索条痕の走り方が、首吊りとは全く違うので、ある程度の知識があれば、縊死か絞死かの区別はつけられるのである。

頭隠して尻隠さずであった。

死斑のメカニズム

死亡すれば心拍動は止まり、血液の循環も停止する。当然、血圧もなくなるから、血

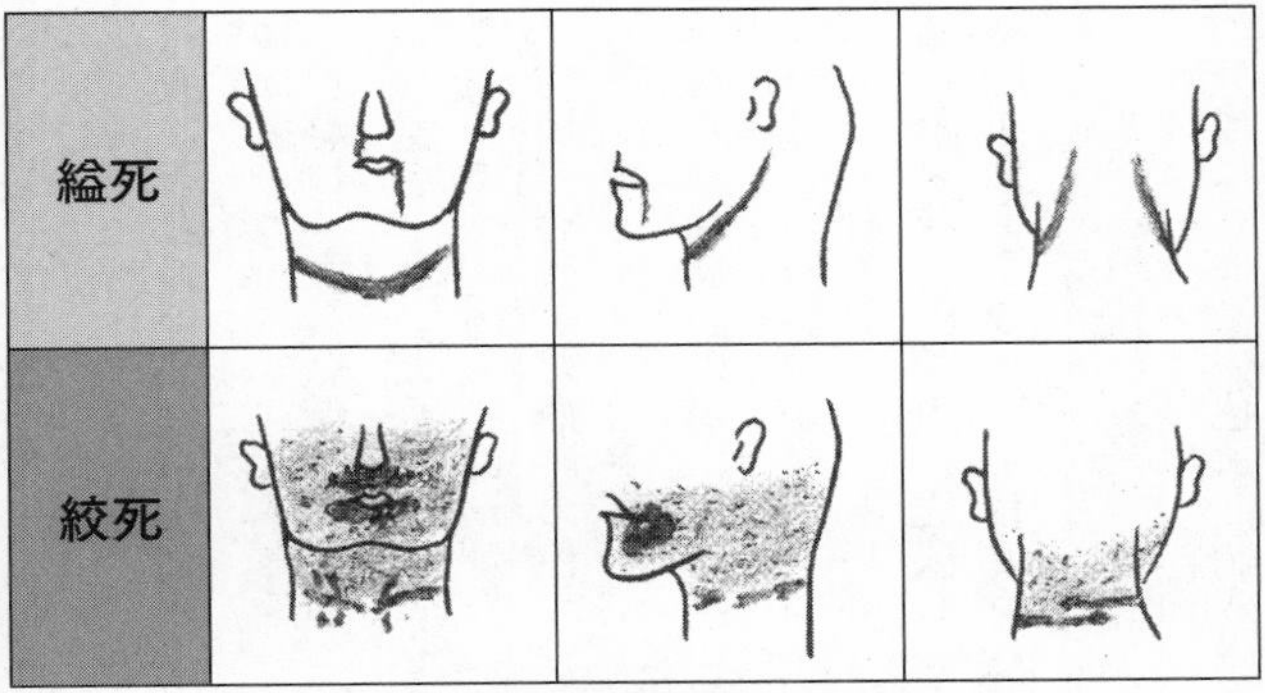

図1　縊死と絞死の索条痕とうっ血の比較

	縊死	絞死
手段	自殺に多い。 例外として地蔵背負いという他殺がある。	他殺に多い。 例外として自絞という自殺がある。
顔面の所見	顔面は蒼白で、溢血点が少ない。 鼻口部より漏出する鼻汁、血液などが垂直に付着している。	顔面は腫れてうっ血し、溢血点が多い。 鼻口部より漏出する血液や異液は、鼻口周辺に付着する。
索溝の走行	前頸部を水平に、側頸部を斜めにのぼり耳介後方を後頭部に向かう。	頸部を水平に一周する。 抵抗のため前頸部索溝の上下に爪跡がある。 自絞には爪跡はない。
索溝の性状	前頸部で深く、後頸部で浅くなる。 索溝の面は滑らかである。	平等の深さで頸部を一周する。 索溝の面は表皮剝脱や皮下出血を伴う。
死斑	手足、下半身にある。	背面にある。

図2　縊死と絞死の特徴

管内の血液は重力の方向に下垂して、身体の下方の毛細血管に集まってくる。

仰臥位であれば、上になった前胸腹部の血の気が引くので、蒼白な皮膚の色になる。血液は下方の背中の毛細血管に沈降し集まってくる。その血液が皮膚を透かして見えるのが死斑である。

しかし、臀部や背中の上方は、床面に接しているから体重によって毛細血管は閉塞されている。よって血液が流れ込んでこないので、死斑は出現しない。蒼白な皮膚の色のままである。体重圧のかからない腰部などに死斑は出現する。

皮膚を透かした血液の色調であるから、皮膚が黒い黒人などは死斑が見えにくい。

死斑は死後1、2時間くらいから見え始め、5、6時間後に死斑を指で圧《お》すと、指の跡が蒼白な皮膚の色に変わるが、5、6秒のうちに消褪《しょうたい》した血液が集まってきて、指圧の跡は消え元の死斑に戻ってしまう。これを指圧による死斑の消褪と言っている。

しかし死後10時間くらい経つと、指圧による死斑の消褪はなくなってくる。20時間くらい経過すると死斑は完成し、その部位に固定されてしまう。この状態を観察し、死亡時間を推定する一助にしている。

死斑の色で死因が分かる

死斑は、血液の色調と個人の皮膚の色によって多少は違ってくる。

血液の色は赤血球のもつヘモグロビン（Ｈｂ）の酸素飽和度に由来するから、酸素飽和度の高い動脈血は鮮紅色、酸素飽和度の低い静脈血は暗赤色を呈している。したがって、窒息死は、十分な呼吸ができない状態で死亡するため、血液も死斑も暗赤紫色（チアノーゼ）を呈する。

一酸化炭素中毒死の場合は、一酸化炭素ＣＯがヘモグロビンに強く結合し、ＣＯ－Ｈｂを形成するため、血液は鮮紅色、死斑も同様の色調になる。

凍死も、一酸化炭素中毒死と同様に鮮紅色の血液で、死斑も同じであるがメカニズムは全く違う。凍死は全身の細胞が低温になって、新陳代謝が著しく低下するので、細胞の酸素消費が少なくなって死亡する。そのため、血液も死斑も酸素量が多いので鮮紅色を呈しているのである。

また、病死例では心筋梗塞などの発作で突然死する場合などは、心臓部の激痛で呼吸も止まって「ウーッ」と、苦しみ急死する。血液は酸欠になって急死するから、死斑は暗赤紫色になっている。

ところが脳出血など一般的な病死では発作で意識不明になっているが、大いびきをかき、大呼吸をくり返し、死亡するので血液は酸素を失わず、死斑は赤褐色である。

第2講

弁慶の立ち往生（死体硬直篇）

死体硬直から、死亡時間を推定することができる。硬直は、死後2時間くらいから始まり、徐々に強くなって20時間後には最強の硬直となるが、その後は徐々に硬直は解けていく。あの勇猛な弁慶の最期も、実は……。

死亡時間をずらす

電車に飛び込み自殺をしたという。

警察署の裏庭の死体安置所で、検死が始まった。

今朝72歳の男性が、私鉄の踏切で右側方向から進行してきた下り電車に飛び込んだ。運転手は人影を見てブレーキをかけたが、間に合わなかったという。

轢《れき》過《か》された死体は20メートルくらい進行方向にはねられたが、分断されてはいなかった。腹部は轢過され挫《ざ》滅《めつ》し、顔面には擦《さつ》過《か》打《だ》撲《ぼく》傷《しょう》があり、頭蓋骨は骨折し変形していた。上下肢にも擦過打撲傷があり、右下腿部は骨折していた。しかし、手指の関節や肘《ひじ》関節には、死体硬直が見られた。

捜査状況と死体所見は合致していた。また、自宅の仏壇から遺書が発見され、飛び込み自殺に間違いなかった。鑑識係は死体をくまなくカメラに納めていた。手を洗って私は、死体検案調書（臨床医のカルテと同じもの）に、死体所見を記録し始めた。なぜ飛び込み自殺をしたのか、動機など、知り得た状況を書き込み、死因を記載する。

通常は、次に死亡診断書を作成することになる。病死の場合は主治医が死亡診断書を発行するが、変死の場合は、死体を検死して死因を決めるので、監察医は死亡診断書ではなく、死体検案書を発行することになる。

刑事部屋の片隅で書いていたところ、死亡者と同居していた長男が、

「先生、死亡時間を1日後にずらしていただけませんか」

と、小さい声で言うのである。言われたこともない、おかしな願いに、

「えっ！　なぜ！」

と問い返すと、長男はもじもじしながら口ごもった。

刑事さんがお茶をいれてくれた。せっかくだからいただきながら、

「お聞きしましょう」

と言って、私はお茶をすすりながら書類を書き続けていた。

「先生、実は、父は生命保険に加入していたのです。1年間掛け金を納めていれば、そ

の後自殺をしても、保険金はもらえるという話を父から聞いていました」

「そうですか」

と、私も知っていたが、相槌《あいづち》を打った。

保険会社が言うには、自殺を前提に保険に加入しても、本当に死にたい人は2〜3か月掛け金を納めているうちに、待ちきれずに自殺してしまうそうだ。ところが中には、意志強固に1年間掛け金を納め続ける人がいる。しかし、その人はその時点で、自殺のできない人間に立ち直っているというのだ。だから生命保険は1年間という納入期間になっているらしい。人間の心理は実におもしろいものだと思った。

しかし、時代は徐々に変わって、13か月目の自殺が急増してきたため、保険会社は定《てい》款《かん》を変え、現在は3年間、掛け金を納めなければならないことに変更されている。

「1年未満なのですか?」

と、私が問い返すと、長男は、

「そうなんです。生前、父が私に語った話では、ある保険の外交員のおばさんにすすめられて保険に入った。その日を覚えていた。後日、保険会社から証書が送られてきたが、加入日は外交員が1日遅れて本社に行き、手続を取ったので、父の記憶と1日のずれがあり、満1年に1日足りない」

と言うのである。笑い話のような、実に気の毒な話であった。

「分かりました。しかしね、同情はしますが、嘘の診断書を発行すると、医師は虚偽診断書等作成罪になるのですよ。あなたも保険金詐欺になると思いますよ。この暑さで1日遅れての検死であれば、死体は腐敗が始まっているので、死体硬直は緩解し、今の状態と違っているので、死体検案調書を見れば、すぐ虚偽の記載は分かってしまいますよ。それよりも、飛び込んだ日時を保険会社も調査しますから、今朝のこの時間の下り電車には、飛び込み事故はあったが、1日後の同じ電車には事故はなかったことは、すぐに分かるので、死亡時間を変えても嘘は分かってしまいますよ。そうすれば保険金詐欺事件になって、あなたは逮捕されますよ」

長男は驚きながら、大きくため息をついた。

死体硬直のメカニズム

死亡すると、なぜ、関節が硬くなり、動かなくなる「硬直」が出現するのか。理由は、死亡時に筋肉内のグリコーゲンが減少していたり、乳酸の増加があり、またATP（アデノシン三リン酸）活性の低下があるため、筋肉は硬直し関節が硬くなって固定されてくる。

これが死体硬直である。

通常、死後2時間くらいから硬直は始まり、徐々に強くなって20時間後には、最強の硬直になる。死斑《しはん》の出現と、ほぼ同様の経過をたどる。

亡くなった人に死装束の着せ替えをするには、死後3〜4時間以内にしないと、硬直が強くなってやりにくくなる。

しかし、腐敗が始まると、タンパク質の分解によって、死体硬直は徐々に緩解してくる。この状態を観察して死亡時間を推定しているのである。

ところが夏と冬、北と南の地域など、死体の置かれた環境によって、硬直の度合いは違ってくるので、一概には言えないし、方程式もない。法医学の知識や経験から死体硬直や死斑の状態を観察して、死亡時間を推定しているのである。

それはともかく、激しい筋肉運動中に急死すると、その時の姿勢のまま硬直が強く早く出現する場合がある。これを「電撃性死体硬直」と言っている。

法医学の教科書には下行型（下顎《したあご》、頸部《けいぶ》の関節から硬直が始まり、体幹から上肢、下肢へと下行するタイプ）と上行型（下行型と逆に、下部の関節から硬直し上行するタイプ）があるなどと記載されているが、そうではない。

私は数万体の実務体験で知ったのだが、疲労した筋肉から硬直が始まるというのが本当である。

土手で山菜取りをしていた老女が、滑って川に落ち、溺死《できし》した。その直後に検死することができた。老女は右手指に、ヨモギを離さず握っていた。そのほかの関節には硬直がなかった。つまり、身体の中で右手指の筋肉が一番疲労していたからである。
同じような事例を何件か体験している。実務体験は誠に貴重である。

弁慶の立《た》ち往生《おうじょう》

文治5（1189）年、岩手県平泉の衣川の合戦で、敵の軍勢に義経は追い詰められていた。もうこれまでと悟った弁慶は、衣川の橋の前に7つ道具を背負ったまま立ちはだかり、薙刀《なぎなた》を杖《つえ》に、ちょうど体が三脚状態になり、仁王立ちの姿勢になって「ヤーヤー、我こそは武蔵坊弁慶なるぞ」と、群がる敵を睨み付け、仁義を切った。

弁慶と知った敵は攻め込めず、たじろぎ遠くから矢を放った。何本もの矢を身に受けたが、弁慶は微動だにせず立ちはだかった。

その間、義経は逃げ延びることができたという武勇伝である。弁慶の勇気と忠誠心が謡曲、舞曲となって現代まで語り継がれている。

しかし、水をさすわけではないが、弁慶は強度の疲労状態で、敵の矢に当たって急死した。薙刀を杖に三脚状態であったので、矢を受け死亡したが倒れず、敵を睨み付けていた。主である義経を救った弁慶の武勇は、何のことはない、電撃性死体硬直だと言えば、身も蓋《ふた》もなくなってしまう。

同じような話で、私が小学1年生（昭和10年）の時に「修身」の時間があった。その教科書に載っていた日清戦争の話である。

「キグチコヘイハテキノタマニアタリマシタガ、シンデモラッパヲクチカラハナシマセンデシタ」

絵入りの教科書で国民を教育していた。徴兵制度のある時代であったから当然のことだろう。木口小平の勇気と責任を教えたのであろうが、医学部の授業でこの話が出た。電撃性死体硬直だと言われ、大笑いしたことを思い出す。しかしこの美談を理屈で説明したのでは、物語の精神は壊れてしまう。

それはともかく、死体硬直の強さや死斑の出現の強度などを観察すれば、死後どのくらい経っているのか、死亡時間をある程度推定することができるのである。

知れば知るほど法医学はおもしろくなる。

第3講 真冬の水風呂（体温の冷却篇）

死体の体温を〝利用〟すれば、死亡推定時刻をずらすことも不可能ではない。入浴中の溺死と考えられた女性。死亡推定時刻は、死体の状況から前日の夜だが、捜査では3日前が濃厚。真冬に水風呂に入ったとすれば説明がつくが、はたして真相は？

布団の中での凍死

北向きの薄暗い三畳間で老女は死んでいた。煎餅《せんべい》布団に痩せ衰えた体を横たえていた。体は冷えきって冷たい。直腸温度を計ると13度であった。加えて死斑《しはん》は鮮紅色である。すぐに凍死だと分かった。立会いの警察官から、「家の中で、しかも布団の中で、凍死するのですか」と反論とも言える疑問が私に投げかけられた。

節分の頃なので、東京でも零下になる日はある。体温は低いし、死斑は凍死特有の鮮紅色である。凍死に間違いはない。しかし、なぜ布団の中で凍死するのか。普段着のまま寝ていて、着衣も布団も濡《ぬ》れている。大量の尿失禁があり、やがてその尿が自身の体温を奪う結果になったためだろうと、私は説明した。

当時、東京の山谷地区では冬になると路上の凍死が多かった。酔って雨にぬれ、路上に寝ていて凍死する事例を何度も検死している。それと同じなのか。

老女はおそらく布団の中で脳出血か、心臓発作で、意識不明となって尿失禁したと思われる。脳出血か否かを区別するため、私は注射器で後頭下穿刺《こうとうかせんし》を試みた。脳脊髄液を採取するのだ。脳に異常がなければ水道水のように透明液であるが、脳出血やくも膜下出血の場合には血性髄液となる。結果は透明液なので、脳疾患ではなく、寒さで心臓発作を起こし、意識不明となって尿失禁し、このような結果になったのであろう。

「捜査上合点がいかなければ解剖しますが、問題がなければ一件落着で良いかと思いますが」と言うと、立会官も「事件性はないので解剖はなしで結構です」となって、この事案は終わった。

真冬の水風呂

解剖当番の日であった。午前中に2体、午後からも2体の解剖を終え、自室に戻った。その解剖は入浴中の溺没《できぼつ》で、一人暮らしの65歳の女性であった。

発見が遅れると浴槽の湯で皮膚はふやけてくる。だから湯に浸かった部位と浸かってない境界が分かることがある。しかし、彼女の場合は、発見が早かったのだろう、皮膚のふやけも腐敗もない。新鮮な死体であるが、手掌面、足蹠面《そくせきめん》に漂母皮形成《ひょうぼひけいせい》（手のひら足のうらが長いこと水に浸かっているとしわしわにふやける現象）が見られた。気管内には細小白色泡沫液があり、肺は水を含んだスポンジのような溺死肺を呈しているので、溺死には間違いないと自室に戻った。午後4時頃であった。

検死担当の先輩監察医が帰院するなり私の部屋に来た。「解剖の結果はどうだったか」との質問であった。「入浴中の溺死です」と答えると、「いやそうではなく死亡時間を聞きたいのだ」と言うのだ。

「え？　昨夜の入浴中の死亡だと思いますが」。先輩の監察医もそう判断していたが、現場で分かったことは、毎日1本配達される牛乳が家の前に3本取り残されている。おかしいと隣人が今朝声を掛けたが返事がないので、警察に届けた。状況は3日前の夜入浴し、今朝浴槽に頭まで沈んだ状態で発見された。しかし腐敗はないし新鮮な遺体で腑に落ちないから、解剖することにしたというのだ。

つまり、捜査状態から言うと、3日前の死亡が濃厚なのだが、検死した監察医も、解剖した私も、死体は新しいので昨夜の死亡と判断している。警察の捜査状況と監察医のチェックした死亡時間や死体所見が一致しない。時々そういう死体がある。それはどこかに嘘が隠されていると考えなければならない。

「分かりました。解剖したのは私ですから私が責任を持って、警察に対応します」「じゃよろしく」と先輩との話は終わった。

翌日警察に電話を入れると、家の中は荒らされていないが、現金がなくなっているようだという。しかも家の鍵はかけられているから、合鍵を持っている人物に違いないというのだ。私もそれなりに推理を巡らした。1月下旬、まだ寒い季節である。しかし入浴となれば水温は40度前後にする。その湯に一晩浸かっていれば、水温は徐々に下がっていくが、そんなに冷たくはならないだろう。皮膚はある程度ふやけるから、腕をつかみ浴槽から出す時に、表皮は簡単にすりむけるのが普通なのだが、それがない。

真冬の水風呂？ あり得ない話だが、死体所見から一応そう考えてみた。この時期、東京の水道水は結構冷たくて、手を1分と浸けてはいられない。条件を水風呂に換えて考えれば、3日間水に浸かっていても、死体は腐敗しないで新鮮だ。手足の漂母皮形成は長い間、水に浸かっていたからおかしくはない。状況と死体所見は一致する。そう考えて再び警察へ電話した。「え？ 真冬の水風呂ですか」と驚きの声を上げた。

2日後、近くに住む無職の30代の甥《おい》が、重要参考人として取調べられていた。初めは否認していたが、5回目に自白した。時々やって来て伯母に金を無心していたが、3日前の晩、伯母に「ぶらぶらしていないで職に付け」と厳しく叱られたので、勝手にタンスの引き出しを開け、伯母の財布を取り出した。伯母が「よしなさい」と財布を取り返そうとして乱闘になった。伯母を倒し馬乗りになった甥は、両手で伯母の首を絞めつけた。ぐったりした伯母を見て、死んだと思ったのだろう。驚いた甥は、このままではまずいと思い、考えたのが入浴中の溺没であった。

すぐ裸にしてかかえて風呂場へ行き、空の浴槽に入れて水道の蛇口を開けた。その時伯母は仮死状態であった。4、5万の現金を盗んで、一杯になった風呂の蛇口を閉め、鍵をかけて逃げ帰ったという。完全犯罪を狙ったのであった。

水風呂を前提に、警察は甥を追及し、自白に追い込むことができたのである。入浴中の溺没にすれば、自分への容疑はかけられないと考えたのだろう。しかし温水と冷水が人体に及ぼす影響の違いを知るはずはない。それが決め手となって、この事件は解決できたのである。しかし見方によっては、これは極めて巧妙な犯罪であるのだ。つまり死体を冷水に浸ければ腐敗は遅れ、死亡時刻をずらすことができるので、犯行時のアリバイに役立つのである。

犯人はそこまで知っての犯行ではなく、ただ入浴中にすれば良いだろうと考えただけであった。しかし専門家はそこまで考えながら、事件を分析しているのである。

裸の凍死者

警察大学校で検視官を対象にした講義があった。北国の検視官から質問があった。

「昔の八甲田山《はっこうださん》事件（明治35年青森の日本陸軍第8師団歩兵第5聯隊210人が、八甲田山雪中行軍を実施した。猛吹雪になり零下20度の気象状況下で、将兵のほとんどが凍死し、生存者はわずかに11人であった）と同じですが、極寒なのに裸になって死んでいた。どうして凍死者が裸になるのでしょうか」と質問された。

低体温になり温熱中枢が麻痺《まひ》して、異常行動を取る（矛盾脱衣・寒冷痴呆）などと言われるが、納得できる回答はない。私も、おかしな現象だと長いこと考えていたが、姉の死を思い出した。

病気で入院中の姉から呼び出されたので、急いで東京から駆け付けた。姉は外科医であった。私も医者になって2年目、法医学の研究室にいた。医者同士で何か話したいことでもあるのだろうと思った。姉は暑い暑いと言って掛け布団をはねのけていた。暖房があっても冬の札幌、暑いはずがない。「もうだめかもしれない」と、気丈な姉が言い出した。

「何を言っているの、あと少しの養生だよ」と励ましながら、布団の中の手を握った。冷たいのでさらに手を伸ばし、上腕を触ったがひどく冷たい。しかし「暑い」と言うのである。おかしい。この感覚は一体何なのだ。その時は分からなかった。

「今日は私から離れないで」と言うので、付き添っていた母と病室に泊まった。翌朝、姉は他界した。

この体験をベースに考えると、風邪をひき発熱すると、体温は高いのに悪寒を感ずる。逆に解熱時には体温は下がるのに暑くて汗をかく。たった2、3度の変化なのだが、体

正常時	体温と外気温の差が	大きいと	寒く感ずる	冬
		小さいと	暑く感ずる	夏
風邪	発熱（体温上昇）	大きいと	寒く感ずる	震える
	解熱（体温下降）	小さいと	暑く感ずる	発汗
凍死	体温が下降する	小さいと	暑く感ずる	裸になる

図3　凍死者が裸になる理由

温と外気温の差が小さいと熱く感じ、大きくなれば寒く感ずる。そう考えれば、凍死で体温が37度から30度に低下すれば、体温と外気温の差は小さくなるので、実感としては暑く感ずる。八甲田山の兵士が暑いと言って服を脱ぎ、裸になって凍死するのも納得できるのである（図3参照）。検視官の質問に、そのように答えたが、お分かりいただけたかどうか分からない。

姉の最期と同じである。急に体温が下がれば、相対的に暑く感ずる。そのような異常感覚になった時、死期が近いのも確かである。

体温冷却のメカニズム

死亡すると温熱の産生は止まるから、体温は周囲の外気温と同一になるまで下降する。その冷却速度は、死体の置かれた環境によって違うし、個人差もあるので千差万別で一定した方程式はない。

私はおおよその目安として、外気温が20度として、死亡から5時間くらいの間は1時間に1度、体温が低下する。その後24時間くらいの間は1時間に0・5度低下する。これを基準に、その時の条件を加味し、温度を補正して死亡時刻を推定している。

このように法医学は、いまだに非科学的分野が多く、残念ながら個人の学識や経験に頼って判断しているのである。

第4講

死んでも髭や爪は伸びるのか（死体の乾燥篇）

身体は死後そのままにすると腐敗が始まるが、寒い季節の風通しの良い場所であればミイラ化してしまう。これは条件さえ整えば都市部でも起きる。また、死亡した後に、髭や爪が〝伸びる〟ことがある。これら不可解な現象の原因は、「乾燥」だ。

おじいちゃんの髭と爪

おじいちゃんが病気で倒れて入院した。意識不明のまま2週間後に亡くなった。

遠方の嫁ぎ先から駆けつけた長女は、久しぶりに会った亡き父の痩せ衰えた顔を見て涙を流した。

髭《ひげ》は伸び放題。

それじゃかわいそうだと思った長女は、亡き父の髭を剃《そ》り、爪も切った。

通夜を終えて3日後、出棺となった。身内は最後のお別れと、お棺を開けた。

長女は、

「あれーっ！」

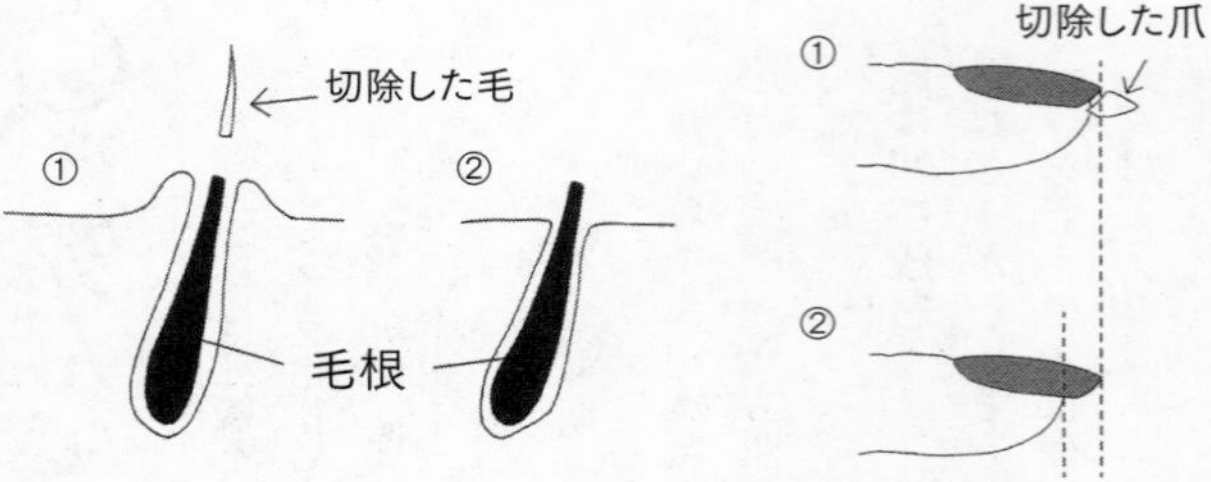

①は死後間もなく髭を剃った図。毛根が皮膚から出るところは、少し隆起しているが、2〜3日経つと乾燥し、平坦になるので、②のように相対的に髭が伸びたように見える。目の錯覚である。

①は死後間もなく爪を切った図。2〜3日後に、②のように指先が乾燥し、相対的に爪が伸びたように見える。目の錯覚である。

図4　死後、なぜ髭や爪が〝伸びる〟のか?

と驚きの声を上げた。

剃ったはずの髭が伸びていたのである。急いで指を見た。そうしたら爪も伸びていた。みんなで見直した。

「私が髭を剃ったのに、子供たちが集まったので、おじいちゃん、嬉しくなって生き返ったのかもしれない」

などと話し合った。

そんなことで、死後、髭や爪が伸びると思っている人は多いのかもしれない。法医学をやっていると、そういう質問をされることがある。

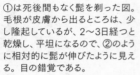

1本の毛の生え際をオーバーに表現すれば、図4の①に示すように、周囲はわずかに盛り上がっている。

この隆起が、死後の乾燥によって凹《くぼ》むので、一見、髭が伸びたように見えるのである。

爪もまた同じで、図4の②に示す通り、死後指先の皮膚が乾燥して萎縮するから、爪が伸びたように見えるのである。

死ねば身体の新陳代謝はなくなるので、髭も爪も伸びることはないが、伸びたように見えるのは、死後の乾燥のためで、目の錯覚なのである。

永代橋のミイラ

戦後間もない頃、東京・隅田川の下流にかかる永代橋《えいたいばし》の欄干《らんかん》のペンキ塗りの作業中、一番高い所の隙間からミイラ化した中年男性の遺体が発見された。

身元が分かった。この男性は知的障害があり、狭い所に潜り込む習癖があった。戦争末期の東京大空襲が激しくなった頃、男性は寒い季節に寝間着姿のまま、行方不明になった。

どこかで焼け死んだのだろうと家族は思っていた。

ところが、遺体がミイラ化した状態で発見された。

全身が完全にミイラ化していたのは、日本では非常に珍しいことである。

場所は、海岸に近い欄干の上、風通しの良い場所であり、寒い季節であった。これでは遺体は腐敗しない。すべて条件は揃っていた。

乾燥が進んで全身がミイラになった珍しい事例であった。

死亡すると、血液の循環は止まり、水分の補給もないから、身体の表面（皮膚）から水分が蒸発して乾燥が始まる。

手指は表面積が多いので乾燥しやすく、ミイラになりやすい。

その一方で、表皮は薄いが、乾燥を防いでいる。さらにすごいのは、擦過《さっか》して表皮が剝離されると、そこから水分が蒸発するので、乾燥して暗褐色に変色し、硬くなって蒸発を防いでいる。これを革皮様化《かくひようか》と言っている。

リンゴの皮を一部むいたまま放置すると、そこから水分が蒸発し、褐色に変色して硬くなり、蒸発を防ごうとするのと同じ現象である。

外気温が低く、通風が良い冬などは、身体が腐敗する前に乾燥が進行し、ミイラ化することがある。

ミイラになった右足

東京都内では、時々、部分検死が行われることがある。手足など人体の一部分が発見された場合である。

しかし、ここで取り上げるのは、完全にミイラ化した右足の話である。品川の電車区から発見されたと言うのだ。

検死に出向くと、真っ黒に乾燥した右足部で、完全にミイラ化していた。

当時、東京都内のJRの電車は3か月ごとに品川電車区で車検を受けることになっていた。検査係が電車の下回りを小さなハンマーで、金属部分を軽くたたきながら点検する。ひび割れていると音が違うので、すぐに異状は発見できると言う。

その点検の際、電車の下回りの床下部分に、この右足がへばりついていたと言うのだ。

3か月前の点検では異状はなく、今回の発見である。

簡単に部分検死を終わらせ、詳しい検査をするため、その右足をお預かりすることにした。

私は3か月前からの分厚い死体検案調書綴り3冊を調べ、やっと2か月半前に山手線で飛び込み自殺があった事例を発見することができた。

調書には、右足部分が欠如しているとの記載があり、氏名・年齢・住所も分かったので、ご遺族に連絡して一件落着した。

なぜ右足がミイラ化したのかと言えば、身体が轢断《れきだん》された際、右足が勢いよく跳ね上がって電車の床下にへばりついた。その電車はそのまま連日、都内を疾走し続けていたから、床下にへばりついていた右足部分は完全に乾燥して、2か月半という短期間に、完全にミイラ化したのである。

もしもこの電車が、監察医制度のない地方の地域を運行していて、この事件が起こったとしたら、このような死体検案調書の記録はないので、身元の確認は難しいと思われる。

監察医制度は、死者の人権を守り、社会の秩序の維持に貢献している。東京、名古屋、大阪、神戸。この4大都市以外に、この制度はない。

ぜひとも全国制度にしたいと願っているが、法医学を専攻する若いドクターがいないのが現状である。

乾きは危険

生体は常に熱を産生し、無意識のうちに熱を体外へ放散する。熱量が不足すれば摂取し、補給して、上手に体温を調節して生きている。

その熱源は、3大栄養素と言われる①炭水化物（糖質）、②タンパク質、③脂質から得ている。

1グラムの熱量（カロリー）は、糖質が4・1カロリー、タンパク質は4・1カロリー、脂質は9・3カロリーである。

同じ1グラムでも、脂質はカロリーが高いから、運動をする前後には脂質をたくさん摂取したほうが良い。

同時に、生体は水分を必要とする。体重の60パーセントは体液であると言われている。

水分は口から摂取するが、腎臓から尿として、肺からは呼吸時の水蒸気、汗腺からは汗、腸からは糞便となって、体外に排出される。

この水の摂取と排泄は、日常の食生活によって上手に維持されている。

水分が不足すれば、生体はそのことを喉の渇きによって知り、調節している。

もしも、人間が遭難したとしよう。食べる物も水もなくなったら、人間は1週間くらいで餓死するが、水があれば、1か月は生存可能と言われている。

日常生活において暑い季節の水分の補給は大事である。熱中症の予防には、喉の渇きを感ずる前に水を飲み、また、塩分も不足がちになるので梅干しなどの摂取も必要と言われている。

つまり脱水時には、水と塩分が欠乏した状態になっているので、嘔吐《おうと》や下痢が続く場合などには、水だけでなく塩分の補給も大切である。

このように、とにかく水の補給は生体にとって大切なことであり、乾きは血液を濃縮させるので危険である。

血液がドロドロに濃縮すると、脳梗塞や心筋梗塞などを起こしやすくなる。今は予防医学が発達しているので、専門医の受診をおすすめする。

第5講 青鬼・赤鬼・黒鬼・白鬼（死亡時刻の推定篇）

死体は刻一刻と変化する。死後まもなく現れるのが死体硬直。やがて腐敗が始まり、骨となる。しかし、死体の置かれた環境が異なったり、また人の手が加わったりすると、同じ場所であっても、片やミイラ、片や白骨と、死体の様相は大きく変わる。

早期死体現象

第1講（死斑《しはん》篇）、第2講（死体硬直篇）、第3講（体温の冷却篇）、第4講（死体の乾燥篇）と書き続けてきたが、これらはすべて、死後早い時間帯に見られる死体の変化で、腐敗が始まる前の「早期死体現象」である。

死斑や死体硬直の強弱を見て、乾燥状態を観察する。さらに直腸内温度を計測するなどして、死後の経過時間を推定する。その際、目撃者の話による「何日の何時頃は生存していた」などとの情報も参考になるが、間違いや虚偽の場合もあるので、鵜呑《うの》みにしてはならない。

晩期死体現象

死後、発見が遅れると腐敗が始まっている。腐敗が始まれば「晩期死体現象」の変化になる。

下腹部は淡青藍色《たんせいらんしょく》に変色し、角膜は混濁して死体硬直は緩解してくる。さらに腐敗が進行すると、身体全体が淡青藍色に変色し、体内に腐敗ガスが発生してくる。それを俗に「青鬼」と呼んでいる。

暖かい季節では腐敗の進行は早く、ハエが集まって卵を産み、死体には蛆虫《うじむし》が生息してくる。さらに進行すると赤褐色《せっかっしょく》に変色し、腐敗ガスが充満し身体は膨張して、巨人様《きょじんよう》観《かん》を呈してくる。これを「赤鬼」と言い、さらに腐敗が進行すると黒色に変色する。これが「黒鬼」である。

そうなると身体の軟部組織の筋肉や内臓などは融解し、黒褐色液汁となって流れ出し、最後は骨だけになってしまう。白骨であり、これが「白鬼」である。

つまり、「青鬼→赤鬼→黒鬼→白鬼」になって晩期死体現象は終了する。しかしその変化の進行は季節、地域、個人差、あるいは死体の置かれた環境によって千差万別であり、一定の方程式はない。各自の学識や経験によって決めるので、あくまでも推定、推測にすぎない（図5参照）。

押入れの上と下

初夏のことである。押入れの上におじいちゃん、下におばあちゃんが絞殺《こうさつ》死体で発見された。検死すると、おじいちゃんの身体はかなり腐敗が進んで赤鬼状態で、死後3日くらいは経っている。おばあちゃんのほうも腐敗はしているが、まだ青鬼状態になったばかりで、死後1日くらいと推定した。

死体検案調書を書き出して間もなく、容疑者の供述があった。分かったことは、2人とも3日前に15分くらいの間に絞殺しているので、死亡時刻に大差はないということだった。しかし2人の腐敗差は大きい。虚偽の供述と思えたので、立会官と話をしたが、状況その他から嘘ではないという。それならばと、もう一度現場を見て、考え直すことにした。

6畳間の押入れの上と下。暖かい空気は上に行く。おじいちゃんは暖かい空気にさらされていたから、腐敗の進行は早い。押入れの下のおばあちゃんは、比較的冷えた空気なので、ゆっくり腐る。そう考えれば、容疑者の供述は嘘とは限らない。こんな些細な違いが3日の間に、死後変化に大きな影響を及ぼしている。納得できたし、勉強になった。

これと同じような事件があった。4畳半の小さい部屋で若い男女が死亡していた。2

図5　死後に起きる変化

東京における、春秋の平均的死体所見を整理したもので、個人差、死因、死後置かれた環境、そのほかいろいろな要因により、腐敗進行の程度は異なるので、参考程度にとどめたい。なお、夏は早めに、冬は遅めに腐敗する。

	死後経過	死体所見
早期死体現象	1時間	死斑、死体硬直が未発現。
	2〜3時間	死斑が出現し始める。死体硬直が軽度出現する。
	4〜5時間	死斑は指圧により消褪《しょうたい》する。死体硬直はやや強くなる。
	7〜8時間	死体硬直強度。体温がやや下降し冷たく感じる。
	10〜12時間	死斑、硬直が強くなる。死斑は、指圧により消褪しにくくなる。体位変換による死斑の移動も少なくなる。
	1日	死斑、硬直が最高となる。体位変換により、死斑は移動しなくなる。体温の下降が目立つ。
晩期死体現象	2日	腹部が淡青藍色となり腐敗が現れる。死体硬直が緩解し始める。角膜が混濁し始める。
	3〜4日	青鬼様、巨人様観を呈する。樹枝状血管網の形成。
	5〜6日	赤鬼様、巨人様観を呈する。水疱形成。
	1週間	黒鬼様、巨人様観を呈する。→　融解。

人の遺書があり「青酸カリを飲んで心中する」とある。口元で青酸予備テスト（シェーンバイン反応）をすると2人とも陽性で、遺書に間違いないことが分かった。しかし立会官は「先生、2人の腐敗差が大きいので、心中とは思えない。遺書に偽りがある」と言うのだ。

鋭い指摘に私もびっくりした。男は赤鬼状態で、身体は腐敗ガスが充満し、膨隆《ぼうりゅう》して巨人様観である。しかし女は淡青藍色で、腐敗が始まったばかり。男のほうが1日くらい先に死んでいる。とても同時死亡の心中とは思えないと言うのである。

ベテラン刑事の観察力は鋭い。その通り腐敗差が大きいのは確かである。しかし私には私なりの考えがあったので、立会官と現場でじっくりと死体現象について話し合った。このようなディスカッションができる検死は理想的なのだが、あまりない。

男は布団の上で掛け布団にしがみついた状態である。女は布団からはみ出し、畳の上に転げ出ている。青酸服用後の2人の苦悶が見えるようである。10月下旬、西日が布団の上の男に当たるが、女は窓際で布団からはずれ、畳の上で、しかも日も当たらない。同じ小さな4畳半であっても、日当たり、布団の有無、ちょっとした条件の違いが4、5日の間に、腐敗の進行に大きな差を生じてくる。押入れの上と下の体験話を加えて、私の考えを述べながら、現場を詳細に検証し直した。

「やはり心中事件と考えて矛盾しない」と説明した。「分かりました。専門の先生がそうおっしゃるならば、異存はありません」と言い、この件は心中事件として落着した。

永久死体

死体現象の中に、永久死体と言われる特殊な変化を起こすケースがある。それがミイラ化と死蠟《しろう》化である。

死体がミイラ化、あるいは死蠟化すれば、それ以上に変化はしなくなるので「永久死体」と言われている。

死体が腐敗する前に乾燥し、スルメや魚の煮干しのようになるものをミイラという。一体のままミイラ化するには1、2年かかるだろうが、ケースバイケースで考えなければならない。

死蠟化とは、死体の脂肪が脂肪酸とグリセリンに分解し、脂肪酸が水中のアルカリ（マグネシウム、カルシウム、カリウムなど）と結合して鹼化《けんか》（石鹼と同じ状態になる）することをいう。

冷たい水中などで、腐敗せず1か月くらい放置されると、死蠟化が始まり、全身が死蠟化するには1年以上はかかると言われている。

冷たい水底に長く放置されると死蠟化しやすい。完全に死蠟化すれば、それ以上の変化はしなくなる。しかし、日本の風土は四季が巡ってくる。ミイラも死蠟も、完全にミイラ化、あるいは死蠟化しないうちに、環境が変わってしまうため、半ばミイラ化（半ば死蠟化）、半ば腐敗、あるいは一部白骨化の状態で発見されることが多い。

死蠟化した死体を数体解剖したことがある。いずれも身元不明で詳しい状況は分からないが、恐らく山中の上流で死亡し、長い時間冷水に浸って、半ば死蠟化状態で、雪解けの増水で下流の都内の浅瀬に流れ着き、初夏の陽射しで腐敗し、一部骨を露出した状態で発見されたのではないだろうか。想像の範囲を出ないが、死蠟化のメカニズムを考えると、そのような状況が推定されるのである。

ミイラと白骨の同居

あるテレビ局のスタッフから電話が入った。地方の街はずれの一軒家で5人が死んでいた。しかも3体はミイラ、2体は白骨であるというのだ。

不思議な状況だったので、集まった報道陣らは周辺の2、3の大学の法医学者に、なぜ一軒家でミイラと白骨が一緒に発見されたのか、解説を求めていた。

「乾燥するとミイラになる。腐敗すると白骨になる」という教科書通りの説明だけで、どうしてそれが一軒家で一緒に発見されたのかの問いには答えていない。それで、私にいかがなものかと質問してきたのである。

冬に死亡すると腐敗しにくく乾燥しやすいから、ミイラになる可能性はあるが、完全にミイラ化しないうちに夏が来れば、腐敗が始まる。だから腐敗しないうちに死体を清拭《せいしき》したり、風通しの良い部屋に置いたりするなど、誰かが世話をしないとミイラにはならない。

白骨になった人は、夏に死んだと思われる。気温が高いから放置されればすぐ腐敗し、さらにハエが卵を産み、蛆が生まれ死体を侵蝕するので、10日くらいで白骨になってしまう。「それが同居していたのであれば、もしかすると宗教団体の家ではないかね」と逆に質問すると、相手はびっくりして、「え！　先生なんでそこまで分かるの、驚きだな。その通りです。新興宗教なんですよ」。私は「死を認めない人たちなんだね、きっと」と言った。

だから3人は冬に亡くなった。残る2人は、死を信じないから、懸命に生きているかのように死体の世話をし続けたからミイラ化した。やがて夏になり残る2人も死亡した。世話をする人はいないから腐敗し白骨化した。信仰心の厚い人たちだったのだろう。「だから殺人のような事件性はないと思う」と解説した。

分かりやすい説明だと感謝されて電話は終わった。後日の報道は私の推定通りであった。

死亡時刻の決め方

さて、死亡時刻の決め方を整理してみよう。これまでの第1講から第4講までの内容は、早期死体現象の話だった。腐敗が始まる前の変化で、死後1、2日くらいの間に見られる現象である。

この時期を過ぎると、死体は腐敗してくる。それから先の変化を「晩期死体現象」という。

この変化は個人差はもちろん、死体の置かれた種々の環境によって違ってくるので、数学のような方程式はなく、ケースバイケースで経験者の個人的判断によって、死亡時刻を推定しているのである。したがって死後4～5日とか約10日、あるいは1～2か月などと大雑把な表現になることが多い。

今や月へ行って帰って来られる時代であるが、法医学は極めて非科学的で、死体の変化を観察して推定しているのである。

なぜかというと、身体の中から、環境の変化に影響されず、時間の経過によってのみ変化するものを発見できないからである。種々研究報告はあるが、いずれも正確に死亡時刻を言い当てる方法は見つかっていない。

私は、監察医の先輩である平瀬文子氏による実測統計の体温低下が実践的なので（図

図6　直腸内体温と死後経過時間との関係

死後時間 ＼ 外気温（℃）	3~5	6~8	9~11	12~14	15~17	18~20	21~23	24~26	27~
5時間	26.5	27.5	27.6	30.0	30.6	31.2	33.1	33.6	33.9
10時間		25.5	26.0	27.3	27.9	30.2	31.3	31.8	33.0
15時間	22.3	24.2	24.8	26.6	27.0	28.2	29.3	30.5	31.5
20時間	20.5	21.1	22.1	24.1	25.1	26.1	27.3	29.1	30.3
30時間	12.8	14.3	15.8	19.1	20.6	22.1	23.9	26.6	28.7
40時間		12.1	13.3	15.7	18.5	20.9	22.9	25.7	28.5
50時間	6.5	12.5	13.5	16.5	17.0	21.0	22.5	28.5	

出典：東京都監察医務院平瀬文子氏の統計　（2778例）

図7　空気中・水中・土中の腐敗の進行度（Casper《カスパー》の比率）

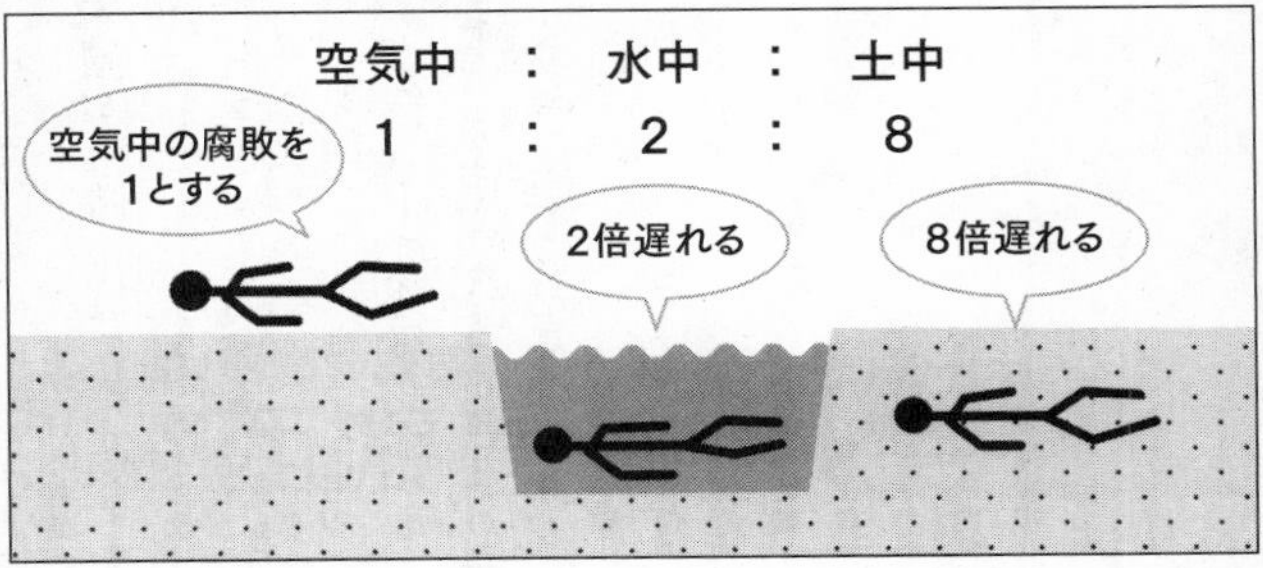

6参照）、利用している。一口に要約すると、『外気温が20度のとき、死後5時間までは体温が毎時1度低下する。それ以後24時間くらいの間は毎時0・5度低下する』

極めて大雑把であるが、外気温が20度でなかった場合は、自分なりに少々の修正を加えて応用している。

また「カスパーの比率」という学説がある。空気中の死後変化を1とすると、水中は空気中より温度が低いので2倍遅れ、土中では8倍遅れるという（図7参照）。しかしケースバイケースで異なるので、あくまでも参考程度にとどめておかなければならない。

第6講

生前のきず、死後のきず（生活反応篇）

メッタ刺し死体の刺創からは、刺された順番が分かる。火災現場の黒焦げ死体であっても、焼死と即断はできない。気管内に煤の付着がなく、暗赤色の血液ならば火災前に死亡した可能性がある。「生活反応」の有無は真相究明の重要な材料だ。

メッタ刺しは残忍か

監察医になって10年、自信も実力も付き、脂も乗って、溺死の研究に没頭していた頃であった。

朝食をとりながらテレビを観ていたら、若い主婦がメッタ刺しにされ、残忍な犯行と報じられていた。

新聞の3面記事を見ると、殺人事件を始め、自殺の記事、それに交通事故や火事での焼死など、連日報道されているから、その日の監察医としての仕事が忙しくなるか否かがすぐ分かる。

その日はメッタ刺し事件を検死に行こうと思いながら家を出た。

警察へ出向くと、報道陣が大勢詰め掛けていた。裏庭の霊安室で検死が行われるが、そこには本庁の捜査一課と鑑識課員が待機し、検視官が私の来るのを待っていた。

所轄署の担当警部補がキャップで、事件の概要の説明を聞きながら、検視官と一緒に検死を始めた。鑑識係は、血だらけの着衣のままを写真に撮り、服を脱がせて裸の状態や刺創《しそう》などを丹念にカメラに納めていた。

死体硬直は強度に出現していたが、背中の死斑は極めて少ない。失血死であることが分かる。首と胸腹部には18個の小さい刺創があり、メッタ刺しであった。「なんて酷《ひど》い犯行なのだろう」。誰でもこの刺創を見れば、そう思うだろう。

私は刺創の大きさ、深さを計測し凶器の推定をする。さらに致命傷を見つけ出さなければならない。凶器は創口《そうこう》、創洞《そうどう》から見て、果物ナイフのようである。

この創《きず》は、すべて生きている時に刺されたものと思われるかもしれないが、そうとは限らない。刺した順番が分かるのである。ひとつずつ刺創を精査し、生活反応の有無を見れば一目瞭然である。

首の4個の創口は暗赤褐色《あんせつかつしょく》の乾血が付着している。生活反応が強く、生前の創である。ところが胸腹部に散在する8個の刺創は、創口の辺縁がわずかに赤く出血しているが、中は黄色い皮下脂肪が見えている。これは致命傷を受けた後に刺された瀕死状態での出血なので、出血は弱くなり皮下脂肪が見えている。つまり生活反応が弱い状態になってからの刺創である。

残る腹部6個の刺創は、創口に出血はなく、黄色い皮下脂肪が見えるだけで、生活反応がなくなった死後の刺創であることが分かる。そして防御創（加害者の攻撃を防いでできた被害者の損傷）がない。

これは不意打ちに前頸部を4回刺され、その中の1つが頸動脈《けいどうみゃく》を切っている。大出血をきたして血圧は低下、意識が薄れてその場に倒れる。致命傷を受け、もはや無抵抗状態なのに加害者は無我夢中なので、そんなことは知る由もない。

中途半端な創であれば、相手は起き上がってくる。起き上がってくれば自分がやられてしまう。その恐怖におののいて、今のうちだとばかりに刺し続ける。保身の心理によるものである。だから急所である心臓など分かるはずはない。ただ「数多く刺せば相手は死ぬだろう」という一心なのだ。つまり弱者（女性や子供、小心者）の犯行ということが分かるのである。

強者（やくざ、図太い者）は一撃必殺である。結果として弱者の犯行はメッタ刺しになるが、残忍な性格だからやっているのではない。小心者の保身の心理が働いているからである。

ところが「メッタ刺しは残忍だ」「怨恨《えんこん》だ」「刺すことに快感を感ずる犯行だ」などと解説される。それはその人が感じた自分の気持ちを述べているだけで、犯人の気持ちを分析しているわけではない。弱者は何度もとどめを刺さないと、自分が安心できないからやっているのである。

火事の中の黒焦げ死体

火事を消し止め、現場検証すると、中から黒焦げの死体が発見された。火事の現場から発見されれば焼死、水中死体は溺死とは限らない。安易に判断すると、後日、隠された殺人が発覚することがある。特に焼死と溺死は要注意である。

警察は、出火の原因は事故か放火か、その区別に専念する。監察医は死亡者の個人識別や死因の調査が主であるが、最終的には事故か殺人放火かの区別が重要なので、解剖して正確に判断することになる。外観は黒焦げだが、内臓まで焼けることは少ないから、解剖すると、ある程度のことは分かってくる。

気管内に煤《すす》が吸い込まれ、また血液が鮮紅色で、血中CO－Hb飽和度が60～70パーセントであれば焼死であるが、気管に煤の吸い込みがなくCO－Hbも陰性であれば、火事の前に死亡していることになる。死因の特定が急務である。

昔の家屋は木と紙が主であったから、燃えると一酸化炭素を多量に放出する。その中で4、5回呼吸しても血液全体の赤血球に一酸化炭素は結合しないので、意識を失うことはないから、煙の中に飛び込んで子供を助けたなどの美談はあった。だが、新建材が使われている現在では、ビニール、ビニタイル、マットレスなど化学繊維が燃えると、一酸化炭素のほかに青酸ガスなど有毒ガスが発生する。煙だけで火はないから大丈夫だと思って入っていくと、1回呼吸しただけで気を失い倒れてしまうから、焼死する危険性は高い。決して入ってはならない。

仕掛けた罠

空に近い酒瓶を抱いて男が路上で死んでいた。警察嘱託《しょくたく》医（職務は署員と留置人の健康管理をするドクターで、署の近くの開業医であり、法医学の専門医ではない）が検死をした。身元も分かり、酒好きで、ときどき警察沙汰になっていた男であった。地方のことで解剖することもなく、状況から酒を飲み過ぎての急性心不全として、検死は終わった。

後日、生命保険の請求があり、保険会社が調査すると、受取り人は近所に住む知人で、加入して3か月目の死亡であった。状況的に不審があり保険金の支払いは、詳しい調査終了後に延期された。

保険会社から相談の電話が入った。いつものように私は「死体所見がなければ、コメントはできない」と伝えた。数か月経って「資料が揃ったので、お願いします」と言って保険会社の調査員がやって来た。白黒の写真であった。

死亡時の顔はうっ血しているようだ。検死されたドクターも、うっ血があったと言うので、顔写真に見える前頸部に絞めた跡はないかと見直したが、はっきりとは分からない。ドクターも絞めた痕跡に気付いていない。それ以上は分からない。これだけの情報でコメントするしかない。

人が死ぬ時は、生きている最後の症状をからだに残して死亡するので、死体の中からその所見を見つけて分析すれば、どのように死に至ったのかが分かってくる。

この人は顔にうっ血がある。首に索条痕《さくじょうこん》はないようだが、タオル、あるいはマフラーのように幅のある物で絞めつければ、索条痕は出現しないが、顔は窒息死を思わせるうっ血状態になる。コメントは終わった。

保険会社の調査員は、定年退職した警察官が多い。「分かりました。私も現職の時、顔のうっ血は体験していますので、これを元に調査してみます。ありがとうございました」と言い、帰っていった。

それから1年半は過ぎただろうか、この相談などすっかり忘れていたが、保険金目当ての殺人事件であることが警察の再捜査で分かったと、調査員からお礼の電話が入った。

顔のうっ血が真相を語ったのである。この事件は、警察もドクターも、空に近い酒瓶を抱いて死んでいた状況から死因を推測したので間違ったのである。死因は先入観にとらわれることなく、死体所見の中から見つけ出さねばならない。状況にこだわりすぎると、犯人の思う壺に誘導されてしまう。

生活反応とは

例えば、生体を刃物で切れば、からだは反応し、切創から出血する。しかし死後に切ったとすれば心臓は止まり、血液循環はなく血圧もないから出血は起こらない。創口は開いているが、黄色い皮下脂肪が見えるだけで出血はない。前者は生活反応がある、後者は生活反応がないと表現する。

図8
火災中に生きていたか（左）、
火災前に死亡したか（右）

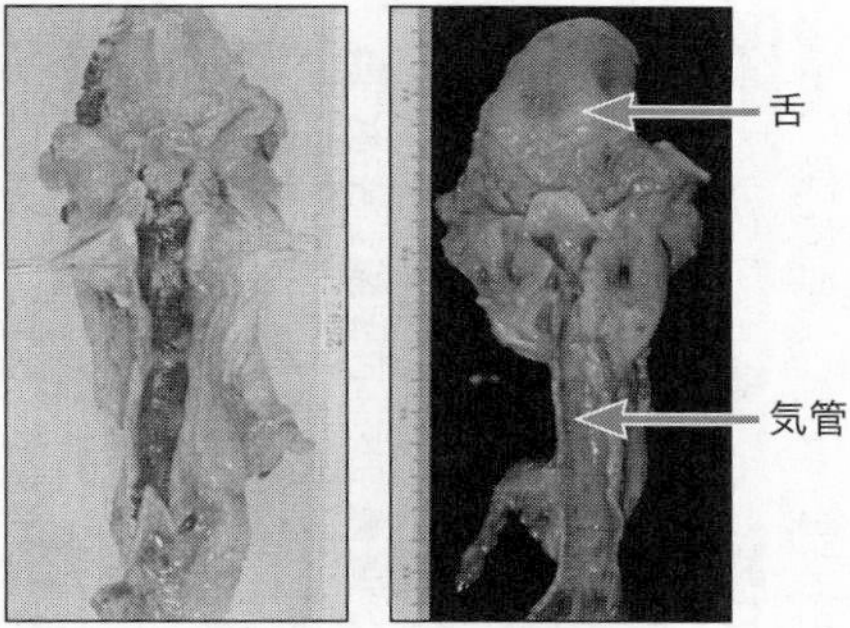

気管に黒色炭粉吸引
（焼死体）

気管に異常なし
（非焼死体）

　呼吸器系の生活反応は前述の通りであるが、気管内に煤を吸引し、鮮紅色の血液でCO－Hb飽和度60～70パーセントであれば、火災の中で生きていた焼死体である。気管内に煤はなく、血液も暗赤色でCO－Hb陰性であれば、火災による生活反応はなく、火災の前に死亡していたことは明らかである（図8参照）。

　事件を考察する上で、生活反応の有無は重要である。

第7講 語らぬ死体が語り出す（出血・うっ血・溢血点篇）

小料理屋の女将が布団に寝たまま死亡していた。外部の侵入の形跡がなく病死とされたが、まぶたの裏の赤点は窒息死の可能性を示唆していた――。普段目に触れず、見逃しやすい場所にこそ、本当の死因を物語る証拠が隠されている。

出血・うっ血・溢血点の違い

首を紐《ひも》で絞めつければ、息苦しくなって顔がどす黒く暗赤紫色にうっ血する。これは、側頸部《そくけいぶ》の皮下の浅い所を通って心臓に戻る頸静脈が圧迫され、血流が止まるためだ。深い所を通って頭部に血液を送り出す頸動脈は紐の圧迫を受けにくい。それで紐から上の頸《くび》や顔の毛細血管の流れが渋滞して、暗赤紫色に見えてくるのが、顔面のうっ血である。

このうっ血が少し長く続くと、毛細血管は腫れ上がって血管壁から血球成分である赤血球が洩れ出て小さい赤い点になる。これが溢血点《いっけつてん》である。出血点とは言わない。出血は血管が破綻した場合を言い、溢血点は血管壁の破綻はなく、血管壁から洩《も》れ出た赤血球の小さい赤い点を言う。

窒息死のように顔に強いうっ血を生じて死亡した場合などに、眼瞼《がんけん》をひっくり返すと、眼瞼結膜に溢血点を見ることが多い。

太い血管が破綻し出血すると、生体に大きな影響を及ぼす。血液について詳しい説明を加えると、体重の約8パーセントが血液と言われている。60キログラムの体重の人は約5リットルの血液を有している。

動脈血（酸素と栄養に富み、鮮紅色を呈する）と静脈血（二酸化炭素、乳酸などの老廃物を含み、暗赤色である）があり、動脈血が4分の1出血すると、生命の危険を生ずる。静脈血は2分の1出血しても処置さえ良ければ救命できると言われている。

密室殺人事件

小料理屋の2階が経営者の部屋であった。60代の女将《おかみ》が一人暮らしをしていた。2、3日店が閉まっていたので隣家の店主が警察に届けた。女将は布団に寝たまま死亡していた。部屋も着衣も乱れはなく、病死のようであった。立会官1人と部下の刑事2人、それに鑑識係1人の計4人が同行していた。検死をすると、顔にうっ血があり、眼瞼結膜に粟粒大《ぞくりゅうだい》の溢血点が数個見られた。首に索条痕《さくじょうこん》らしき異状は見当たらないが、窒息死のようである。立会官らに言うと、「殺人事件ですか」と問い返された。「そのようだ」と言うと、「先生、ここは密室状態になっていたので、他人が出入りできない部屋だから、それはないですよ」と反対された。

「密室かどうか私は知らないが、窒息死の所見があるから、第三者の介入があったと思うのだが」と、私は遺体の顔のうっ血と眼瞼結膜の溢血点が粟粒大と大きいことを挙げ、窒息死の所見であると説明した。

「先生、病死でも溢血点は出るでしょう」と立会官は言う。経験を積んだ立会官は死体所見に詳しい。「よく勉強していますね。その通りですが、溢血点の粒が病死よりも大きい。粟粒大なので病死よりも窒息死を考えるべきだ」と私は見解を述べた。

首を絞めて物理的に血流を阻止すれば溢血点は粟粒大と大きくなる。しかし心臓発作などで呼吸ができずに悶絶した場合は、物理的血流阻止に比べれば弱いので、溢血点は蚤《そう》刺大《しだい》（針の先で突いたくらいの大きさ）と小さい（図9参照）。例外はあるだろうが、そう考えて矛盾はない。

しかし密室なので第三者の介入は否定できると、立会官は捜査状況から私の話を聞き入れない。立会官の対応はそれなりに立派である。そこで「課長を呼んでほしい」と伝えた。立会官は係長である。しぶしぶながら刑事課長に連絡した。課長は飛んで来た。私の説明を聞き終えると課長は、「部下たちは一生懸命捜査して密室だと言っているので、やはり他人の出入りはないと思われます」と部下をかばった。私と課長との問答は続いたが、課長は部下を信頼し、私の話を聞き入れない。「署長を呼んでくれ」と言うと、課長は慌てた様子であったが、連絡した。

私も大ごとになったと内心不安を感じながらも、自分の考えを貫いた。間もなく署長がやって来た。監察医が署長まで現場に呼び出した例は、後にも先にも私しかいない。

「先生、申し訳ありません」と署長は私に謝りながら、2階の現場の小さな部屋に集まっていた刑事らを前に、「お前たちの言い分は分かるが、医務院の専門の先生が他殺の疑いがあるとおっしゃっている。ダメだ。本庁に連絡せよ」と命令したのである。

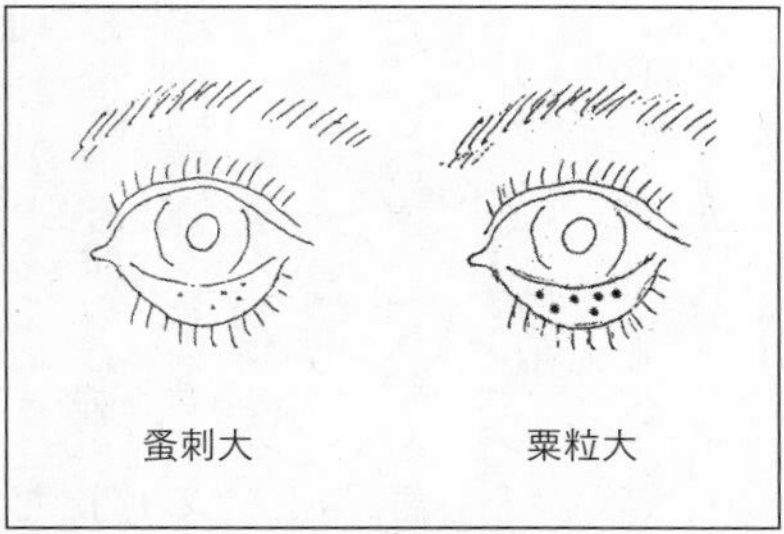

図9　血管壁から赤血球が洩れ出た溢血点

殺人事件を前提に捜査一課と鑑識課員が大勢やって来た。本当に大ごとになってしまった。翌日、大学で司法解剖した結果、索溝はないが窒息死であると発表された。私も結果が分かるまで不安であった。もしも病死であれば、私の一言で多くの署員に迷惑をかけてしまうからである。

それはともかく、この時私は、警察の対応のあり方に感心した。

検死に立ち会ったのは警部補で係長である。次に呼ばれた上司の刑事課長は、部下を信用している。「お前ら何をやっているんだ」と叱ったりしない。課長としては立派だと思った。次に署長が来た。お前らの話も分かるが、検死専門の先生が殺しの疑いがあるとのご意見なので、お前らの話を聞き入れるわけにはいかない。署長は署内だけではなく対外的にも署長なので、大きな判断をするのは当然である。署員がそれぞれの職務をそれなりに、全うしている様子を目の当たりにし、組織とその機能、役割の在り方に感ずることが大きかった。この事件は今でも鮮明に覚えている。

頭蓋底のうっ血を見逃すな

町はずれの一軒家が火事になった。中から2人の焼死体が発見された。その家の母と子のようだがはっきりしない。出火の原因も不明なので司法解剖することになった。大学での解剖の結果、死亡者は住人の母25歳と2歳の女児であることが分かった。女児は気管に煤《すす》が付着し、CO－Hb飽和度65パーセントで焼死であったが、母親は気管に煤の吸引はなく、CO－Hb飽和度は陰性で火災の前に死亡していることが分かった。しかし死因ははっきりしなかった。母親の所見では肺、心臓、脳など内臓には、特に死につながる病変や損傷は見当たらない。また血中アルコール陰性、そのほかの毒物も検出されない。火災の前に死亡していることは明白だが、死因は不詳との鑑定書が提出された。

警察は強盗・殺人・放火を視野に捜査をしていた。夫の挙動が怪しいことが分かってきた。家が焼けて妻が死亡すると、多額の保険金が支払われる。さらに愛人もいた。夫の容疑は濃厚なのだが、解剖した鑑定書は死因不詳なので、警察は執刀医に「頸部に絞殺のような所見はないか」と執拗に迫った。しかし、頸も顔も真っ黒に焼け焦げている。さらに首の筋肉に出血はなく、軟骨や舌骨にも骨折はないので、頸部圧迫を立証する所見は見当たらないと言う。警察の捜査は行き詰まっていた。

そんなある日、県警本部の検視官から電話が入った。「先生、お久しぶりです」。一昨年研修でお世話になった人懐《ひとなつ》こい検視官であった。「困った時の神頼みで申し訳ありませんが、相談したいことがあるので2、3日中にお伺いしたい」と言うのだ。「なに？　司法解剖しても分からない事件？　それを私が書類を見て分かるはずはない」とお断りしたら、「そんな冷たいことを言わないで」と、2日後に押し掛けられてしまった。

部下を連れ大きなカバンから資料を出し、テーブルの上に広げ始めた。「まるで押し売りだね」と笑いながら、事件の経過を聞いていた。

「そうなんです。夫が怪しいが、鑑定書は死因不詳だから、切り込めない」というのである。検視官は説明を続けていたが、40～50分経ったであろうか、1枚のカラー写真が私の目に留まった。これまで一度も利用されていない埋もれた1枚の写真であった。手に取ってルーペで詳しく観察した。

「絞め殺されているな、これは」と言うと検視官は驚いた。なんで頭蓋底《ずがいてい》の写真を見てそんなことが分かるのかと、不思議に思ったのだろう。「どうして。なぜ」を繰り返した。頭蓋底の写真と絞殺《こうさつ》がどうしてつながるのか。検視官はそれが不思議でならなかったのだ。

私は解剖学の本を広げ、頭部顔面の血管分布図を示しながら説明した。

「顔にうっ血があり、首に索条痕があれば、絞殺したことはすぐ分かってしまう。強盗に入り金を奪い逃げる時、放火すれば顔のうっ血、首の索条痕は焼却され、証拠はすべて消滅できる。かなり考えた知能犯のようだ。法医学の鑑定としては、これは犯人との知恵比べになるのでおもしろいケースだ。やる気が盛り上がってくるね」。私は自信を持って検視官にそう言った。検視官は半信半疑で私の顔を見ていた。

解剖学の図（図10）を指さしながら、「頸動脈の分布を見れば分かるように、同じ血管が頭蓋骨にも分布しているでしょう。だから顔に強いうっ血をきたして死亡すれば、頭蓋底にも必ずうっ血が出現する」。解剖して頭蓋冠（ヘルメットに似た頭頂部の骨）を除去し、脳硬膜を開けて脳を取り出すと、ドクターは脳の精査に集中し、頭蓋底は骨折の有無を見る程度で終わりである。頭蓋底を詳しく観察するドクターはいない。

私は溺死の研究で頭蓋底の錐体《すいたい》内出血を立証し、頭蓋底を詳細に観察する習慣があったから、顔に強いうっ血をきたして死亡するケースは、頭蓋底にもうっ血があることを

図10　頭部顔面の血管分布図

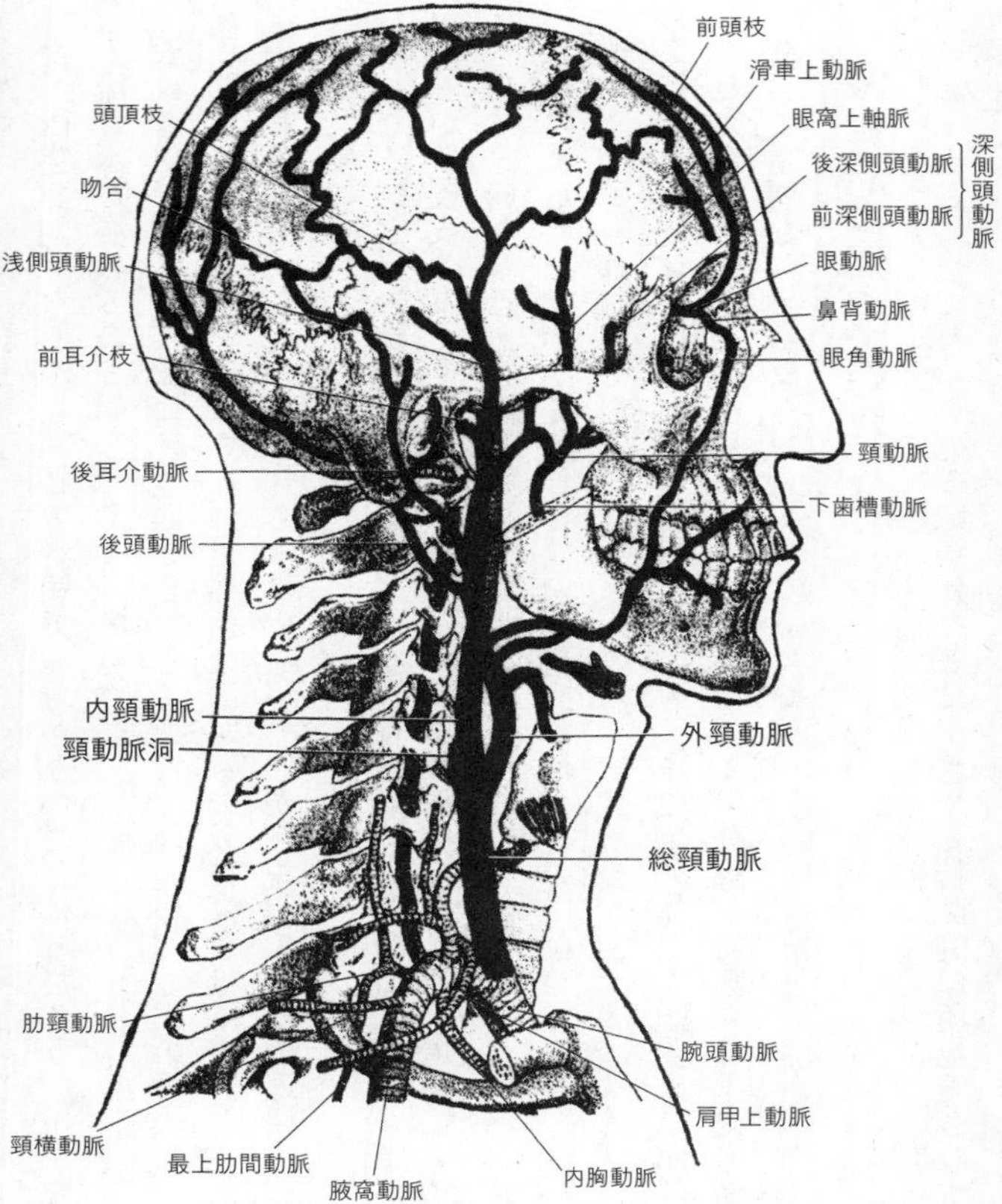

出典:金子丑之助『日本人体解剖学』より

知っていた。医学を知らなくても、私の説明でお分かりいただけるだろう。川を塞ぎ止めれば、上流に水が溢れるのと同じである（図11参照）。

「骨は一般に蒼白であるが、顔にうっ血をきたして死亡した人の頭蓋底の骨は、うっ血のため淡青藍色《たんせいらんしょく》に見える。そんなことは世界中の法医学の教科書を見ても、どこにも書いていない。私の新しい知見なので知る人は少ない。しかし説明の通りの理屈でお分かりいただけるでしょう」

検視官は「なるほど、分かります。顔のうっ血と首の索条痕を焼却しても、頭蓋底にうっ血があるから絞殺の事実を立証できる。これはすごい。さすがは先生、ありがとうございました」と驚きと感謝を繰り返し、帰っていった。

後日、私は再鑑定書を県警へ提出した。夫は逮捕され、有罪になって裁判も終わった。語らぬ死体が語ってくれたのである。

頭蓋底の所見は、死体が腐敗しても白骨化しても、また焼死体でも頭蓋底は頭蓋骨の中で保護されているので、その所見を見ることができる。死因を考察する上で頭蓋底の所見は、極めて重要なので観察を怠ってはならない。

溢血点は知っていた

溢血点は赤く小さい点で、窒息死や急病死などに出現する特徴的な所見とされている。

図11　病死、窒息死、溺死それぞれの頭蓋底

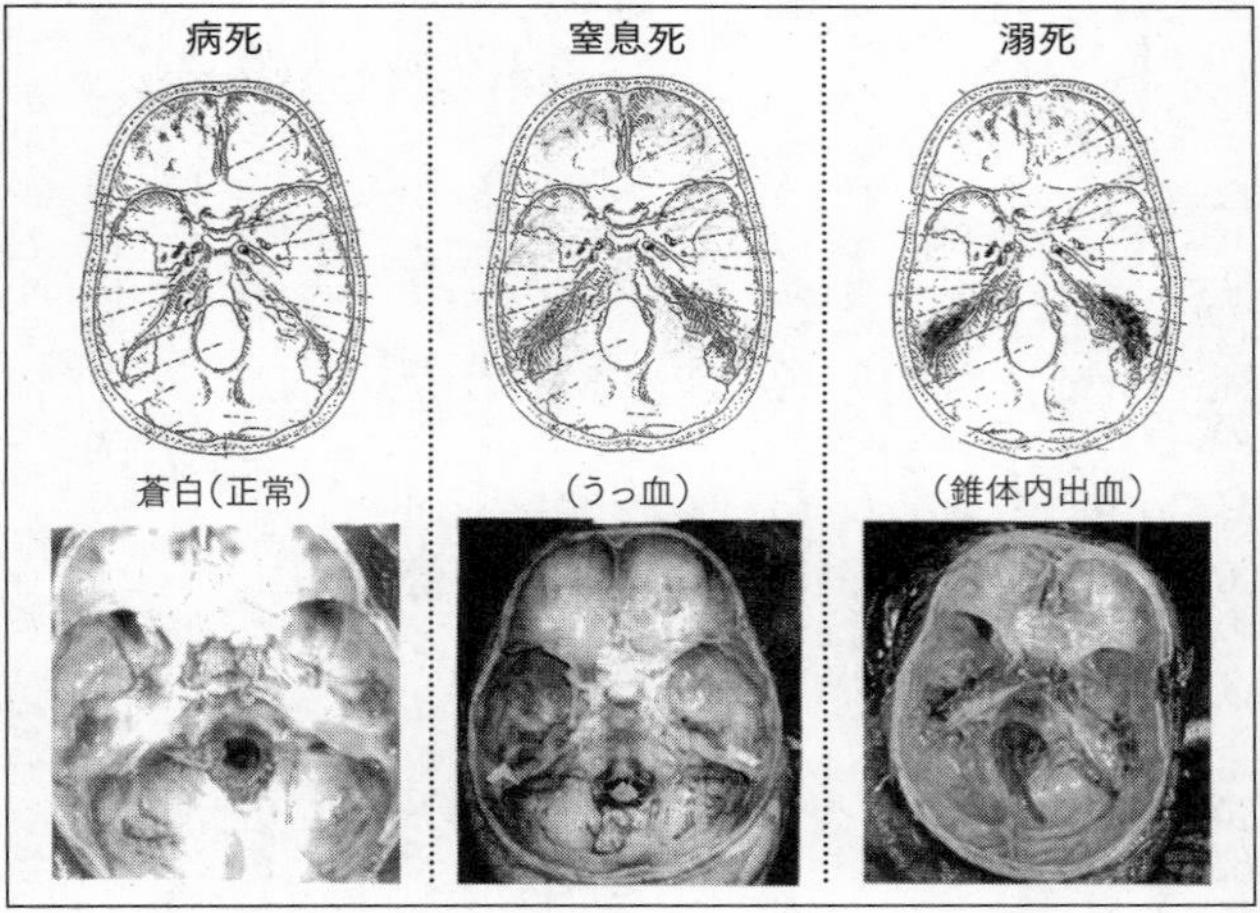

眼瞼結膜に好発するので、眼瞼をひっくり返すと見ることができる。

溢血点は小さいが、それでも大小の差がある。大きい粟粒大、小さい蚤刺大などと表現されるが、法医学の教科書には溢血点の有無を言うだけで、その大きさについての解説はない。

私は昭和の時代、30年間東京都の監察医をやっていた。その間2万体の検死を通し、溢血点について私なりの知見を得たので、実例を挙げて述べることにする。

帰宅した息子が居間で倒れている父親を発見した。近くの医師に診てもらったが、すでに亡くなられていたので、「これは警察に届けなければなりませんね」と言われてしまった。認知症で

あったが、最近は医者にかかっていなかった。立会官は「事件性はなく、病死のようである」と、捜査状況を説明してくれた。

しかし、検死すると顔はうっ血し、眼瞼結膜に粟粒大の溢血点が5、6個出現している。病的発作の溢血点は蚤刺大と小さいのが一般的である。しかし本件は、顔がうっ血し溢血点は大きい。病死とは思えないので、解剖することにした。息子を始め家族は解剖を強く反対した。「何で亡くなられたのか、診断がつかないので死亡診断書の発行ができない」と説明したが、息子は「病名はなんでも良いから解剖しないでほしい。かわいそうだ」の一点張りであった。「お気持ちは分かりますが、病死ではないようにも思えるので」と言うと、息子は驚いて「血圧も高いし、頭もボケていたから病気だ」と強く解剖に反対した。

埒《らち》があかないので私は「解剖すると何か不都合なことでもあるのでしょうか」と言うと「え？　私を疑っているのですか」。しばらく間があったが、息子は「勝手にやれば良かろう」と言い、部屋を出ていった。そんな経緯であったが、とりあえず監察医務院で行政解剖をすることにした。警察官も解剖に立ち会った。もしも絞殺などが明らかになれば、直ちに司法解剖に切り換えることにしていた。

気管の中に泡沫があり、気管粘膜はうっ血し、肺もうっ血していた。肺胸膜に溢血点があり、やはり窒息死のようであるが、頸部に絞めたような痕跡は見当たらない。鼻口部閉塞の窒息かもしれないと思ったが、鼻口部を押さえて閉塞したという痕跡は、死体に残りにくいから実証できないので、推定の範囲を出ない。容疑者の供述を待たなければならない。後日警察が息子を厳しく調べたところ、父親を寝床の中で、顔に布団をかぶせ鼻口閉塞させて、窒息死させたことを自白した。介護疲れの犯行であった。すぐ司法解剖に切り換わったので、私は鑑定書を書き検察庁に提出した。気の毒な事件であったが、溢血点が粟粒大と大きく、病死の溢血点とは違うことによって、解決したケースであった。しかし、まれに例外もあるので注意深く観察する必要がある。

溢血点はその有無が重要なので、大きさには意味はないとされているのだろう。しかしそうではない。溢血点の大小によって、死因が異なることがあるのだ。これを問題視していないのは、日本の大学の解剖のシステムに原因があると思われる。大学は殺人事件のような司法解剖しか行っていない。しかも解剖台に上げられた裸の死体を解剖するだけだから、現場は見ていないし、着衣も見ていない。解剖所見を記録しているだけなのだ。しかも病死、事故死、自殺などは扱わない。

ところが監察医は警察官と一緒に現場に行き、検死し、死因が分からなければ行政解剖をする。病死（元気な人の突然死）はもちろん、事故死、自殺、他殺などすべての変死を現場で検死し、死因が分からなければ行政解剖する。そうやって1つの事案に深くかかわり、判断しているので、大学の司法解剖とは全く違う。したがって窒息の溢血点と病的発作の溢血点の大きさの違いが分かるのである。

この小さな溢血点によって、人権を守り、悪者を捕え、世の秩序を維持することができるのである。

コラム① 犯人像を推理する

1996（平成8）年12月、アメリカ・コロラド州。大富豪の娘ジョンベネちゃん（当時6歳）が自宅の地下倉庫で惨殺されているのが発見された。折しも大雪が降った後であったが、邸宅に出入りしたような足跡は残されておらず、犯行は、その夜に家にいた者——ジョンベネちゃんの両親と9歳の兄に限られるのではと言われた。

この事件は、ジョンベネちゃんがリトルミスコロラドに選ばれたほどの美少女であったから、ことさら大きな話題となり、日本のテレビでも取り上げられた。法医学者として私が出演したある番組でのこと。画面にジョンベネちゃんの死体所見が映し出された。

1　死因は絞殺
2　体中に擦り傷の跡
3　頭を鈍器で強打
4　殺害同日以前から性的暴行を受けていた形跡がある

そんな画面などそっちのけで、父親の犯行だ、やれ母が怪しいなど、同席した解説者はそれなりの理由を述べていた。私も意見を求められた。家庭の事情や背後関係は知らないが——と前置きした上で、被害者の外傷を見る限り、犯行は大人ではなく、子供によるものと思われると答えた。なぜ分かるのですか、と理由を問う司会者に対して、大の大人と6歳の少女では体力差があるから、少女の抵抗などものともせずに一気に殺害できる、しかし、この被害者の外傷かららは、被害者と加害者が格闘しているように思われるので、幼い子供同士の喧嘩ではないか、とコメントした。

根拠はある。第6講でも述べたが、被害者に外傷が多い場合は、子供や女性など弱者による犯行であることが多く見られるからである。子供は相手が抵抗できなくなるまで攻撃を続けてしまう。手加減がわからないとも言えるが、逆に相手に反撃されないように、徹底的なダメージを与えるのだ。結果として惨殺死体になることが多い。必ずしも残忍な性格だからではない。小心者の犯行パターンである。

アメリカの報道でも、私と同じ見方をしている人がいた。しかし、約四半世紀が経った現在でも未解決のままである。その理由として、事件発生時には警察の捜査が行われたものの、その後の調査は、家族が雇った強力な弁護団によって拒絶され、解明に至ることができなかったことが指摘されている。法律上の扱いが、日本とは違うことに驚く。わが国ではあり得ないことである。

「人を殺してみたい」

ところで、結果として、犯人像について誤った推測をしてしまったこともある。1997(平成9)年の「神戸連続児童殺傷事件」がそれだ。中学校の正門前に、小学生の男児の切断された頭部が置かれ、あろうことか男児の口には犯行声明とでも言うべきメッセージが押し込まれていた。発表された死体所見によると、首から下の胴体部分には擦過打撲傷が全くなく、一気に絞め殺されたことを示している。私は、加害者と男児には相当の体力差があると考え、「身長170センチ以上の大男」と推測した。さらに、被害者の顔が判別できるようにして校門に置いた行為は、男児と犯人が顔見知りではなく、自らに捜査の手が及ぶはずがないという犯人の自信の表れではないか、と考えた。

しかし、逮捕されたのは、近所に住む14歳の中学生だった。私の推測は外れたのだ。もちろん、正しい意見も述べた。たとえば被害者の胴体部分が発見された場所に血痕反応がなかった状況から、別の場所で殺害して血抜きしたのではないかという見解には、心臓が止まれば、血液を体中に送り出すポンプが作動不能になってしまい、血圧も血流もなくなるので、血抜きの必要はない、と。しかし、それまでの法医学、あるいは犯罪心理学の分析の範疇を逸脱した犯行を見抜くことができなかったことに間違いない。

そして、その後も私の常識は揺さぶられる。平成26（2014）年に起きたふたつの事件。ひとつは、長崎県佐世保市の女子高生が同じマンションに住む同級生を殺害、頭部と左手首を切断した事件。もうひとつは、名古屋大学に通う19歳の女子大生が高齢の女性を自らのアパートの部屋で殺害、放置した事件。両者に共通するのは、「人を殺してみたかった」という犯人が語った動機だ。つまり、生々しい好奇心によって凄惨な犯行が起きたのだ。そこには、もとより理性や道徳心は存在せず、犯行を隠そう、逮捕を逃れようとする意識さえ感じられない。暗澹たる気持ちになるが、手をこまねいているわけにはいかない。法医学に完成はないのだ。

第8講 顔がうっ血している死体（窒息篇・その1）

窒息死とは、呼吸ができなくなって死亡することである。病気は別として、外力の作用によって呼吸ができなくなるパターンは様々で、たとえば首を紐で絞めたか、手指で絞めたかの違いで、残る跡や顔面の様子、死亡までの時間などが異なるのだ。

どんな死体も頭蓋底の観察から

窒息死すると、呼吸困難で苦しくなり、顔はどす黒くうっ血するのが特徴である。顔が強くうっ血しているときは、頭蓋底《ずがいてい》にもうっ血が生じていることを忘れてはならない（図12参照）。なぜならば同じ血管が頭蓋底にも分布しているからである（第7講参照）。

火事で顔や首が黒焦げになり、索条痕《さくじょうこん》や顔のうっ血が焼失しても、頭蓋骨の中までは焼けないので、頭蓋底にうっ血があれば、窒息死を裏付ける証拠になる。腐乱死体でも白骨化した死体でも、頭蓋底のうっ血は確認することができるので、死因の解明に役立つ。頭蓋底の観察をないがしろにしてはならない。

鼻口部閉塞

添い寝しながら母親が授乳中に寝てしまい、乳房圧迫で乳児が死亡するケースがある。過失であれば酌量の余地はあるだろうが、過失を装った事件もあるので要注意。

成人の場合は、手掌面で直接鼻口部を閉塞する場合が多いが、相手に抵抗されやすいから、加害者の体力が被害者よりもはるかに優る場合や、加害者が複数人であるケース、あるいは抗拒不能状態にしてから行うことが多い。

図12　病死（左）と窒息死（右）の頭蓋底

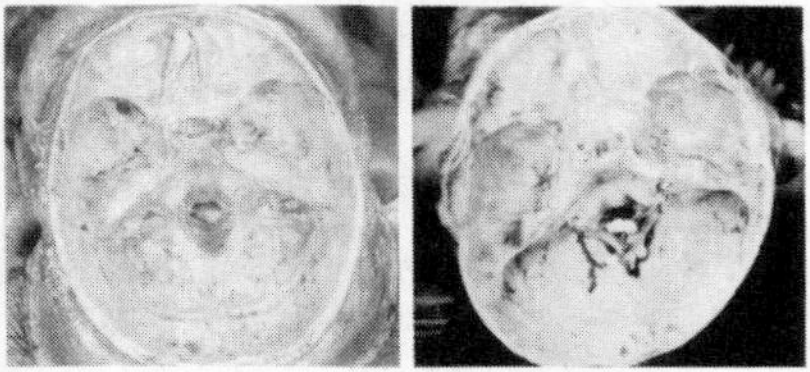

蒼白である　　淡青藍色にうっ血している

咽喉《いんこう》頭部、上気道（気管）の閉塞

食物などが咽喉頭部、あるいはその奥の上気道（気管）に詰まって窒息する場合である。

乳幼児はおっぱいの飲み方が下手だから、空気も一緒に飲み込んでいる。したがって授乳後には必ずゲップをさせてから、顔を横向きにして寝かせる。ゲップと一緒に吐乳するので、仰臥位《ぎょうがい》に寝かせると、吐乳したミルクを気道に吸い込む危険があるので、顔は横向きにすべきである。

小児ではあめ玉、ビー玉、ピーナッツ、小さいおもちゃなどの誤嚥《ごえん》がある。高齢者の場合は食物誤嚥である。餅、さしみ、肉などがあり、義歯の誤嚥もあるので要注意。解剖すると脳軟化症のケースが大半である。

中年でも泥酔時あるいは薬物中毒などで、ろれつが回らない状態での食物誤嚥がある。また食パンの早食い競争で、喉につかえて死亡したケースもある。

誤嚥する食物は、ぬるぬるして滑りやすい餅、さしみなどが多い。逆にパンのように唾液を奪って滑りにくい場合も喉に詰まることがある。

食物を口一杯入れ、一度に飲み込む場合は危険が伴う。これらの知識を念頭に置いて、日常生活を始め、介護などに役立ててほしい。

頸部圧迫

頸部圧迫には縊死《いし》、絞死《こうし》、扼死《やくし》がある。その区別は図13を参照されたい。それぞれの特徴を順番に説明することにする。

❶縊死（首吊り）

定型的縊死と、非定型的縊死に分けられる。
定型的縊死は、両足とも完全に宙に浮き、体重が１００パーセント索条物にかかっている場合をいう。したがって頸部を通る頸動脈、頸静脈は圧迫されほぼ同時に閉塞し、脳の血流が停止する。神経も、圧迫のため頸から下の神経は麻痺《まひ》して手足は動かせず、心肺の機能も停止する。さらに気管も閉塞して呼吸不能となるなどで急死する。

索条物の上下の皮膚がともに蒼白であるのは、頸動脈、頸静脈が一瞬にして血流停止するためである。後述の絞死、扼死と区別するポイントになる重要な所見である。また索条物によって喉頭部が圧迫されるので、舌が歯列の前方に出る（舌を噛んだ状態）ことが多い。眼瞼結膜《がんけんけつまく》に溢血点《いっけつてん》が出現することもあるが、数は少なく、大きさも蚤刺大《そうしだい》と小さい。

非定型的縊死は、完全な宙吊りではなく、足が床に届いたりして頸部圧迫が途切れるなどで、窒息状態が遅延する場合、あるいは首に巻いた索条物の頸部圧迫が不十分で、窒息が遅延し死亡するまでの時間が延長したりする場合など。つまり索条物に体重が100パーセントかからず、窒息の経過が遅延する場合を非定型的縊死と言っている。

非定型的縊死は、索条痕よりも上方部の頸部顔面に血流渋滞を生ずるため、強いうっ血や溢血点が出現するが、索条痕よりも下方部の皮膚は蒼白である。

首吊りを演ずることになった俳優が自宅で柱に紐を固定し、台本を広げ鏡台を前にして演技の練習をしていた。実際に首が絞まって苦しくなれば足を立て手を紐に当てれば良いと思っていたのだろう。しかし、いざ紐に体重がかかった途端、両足は立てられず、手も動かない。非定型的縊死状態であったが、あっという間に死亡してしまった。首から下の神経麻痺で、手足を動かせなかったのである。首吊りは決して真似してはならない。

妻子を殺害した父親

子供がいなくなったと父親が騒ぎ出した。警察は事故、誘拐を視野に大々的な捜査を展開した。2日後、近くの林の中で絞殺死体となって女児は発見された。索条痕は首を水平に一周するように、かすかに認められた。父親の挙動が怪しいので、厳しく問い詰めたところ、数か月前に500万円の生命保険に加入し、我が子を誘拐に見せかけて絞殺し、保険金詐欺をしようとしたことが分かった。とんでもない父親である。

さらに、2年前に妻が首吊り自殺していたので、県警はこの事件も洗い直す必要があると、再捜査した。当時の記録には顔のうっ血と、眼瞼結膜に溢血点があると記され、首には索条痕が見られるとあって、首吊り自殺と判断していた。駐在所のお巡りさんが町のドクターの立会いで検死をし、村人に悪人はいないので事件性はないと考え、自殺として処理したのだろう。ところが収監中の父親に当時の様子を聞くと、妻の姿が見えないので探したところ、物置小屋で首を吊っていた。天井の梁に紐を通し、両足は宙に浮いていた。そばにあった脚立に上って紐を切り救助したが、すでに死亡していたとい

図13　頸部圧迫による窒息死の特徴

	縊死	絞死	扼死
前頸部	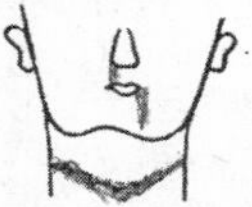	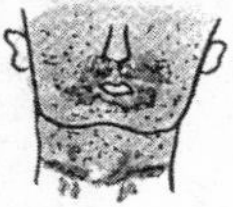	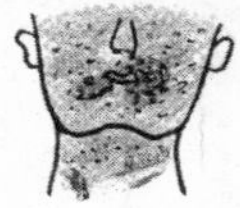
左側頸部		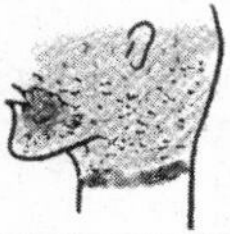	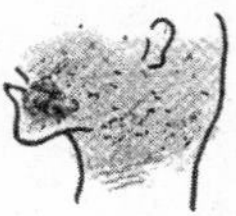
後頸部	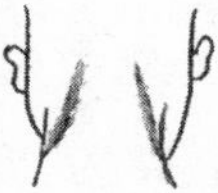	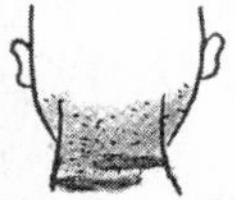	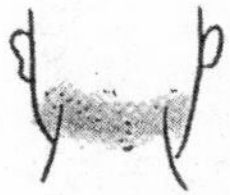
手段	自殺に多い。例外として地蔵背負いという他殺がある。	他殺が多い。例外として自絞という自殺がある。	ほとんど他殺である。
索溝の走行	前頸部を水平に、側頸部を斜めにのぼり耳介後方を後頭部に向かう。	頸部を水平に一周する。抵抗のため、前頸部索溝の上下に爪跡がある。自絞には爪跡はない。	索溝はなく、手による扼痕がみられる。
索溝の性状	前頸部で深く、後頸部で浅くなる。索溝の面は滑らかである。	平等の深さで頸部を一周する。索溝の面は表皮剥脱や皮下出血を伴う。	前頸部、側頸部に扼痕がみられる。
顔面の所見	顔面は蒼白で、溢血点が少ない。鼻口部より漏出する鼻汁、血液などが垂直に付着している。	顔面は腫れてうっ血し、溢血点が多い。鼻口部より漏出する血液や異液は、鼻口周辺に付着する。	顔面は腫れて、うっ血し、溢血点が多い。鼻口部より漏出する血液や異液は、その周辺に付着する。
死斑	手足、下半身にある。	背面にある。	背面にある。

う。

状況から見ると定型的縊死のようであるが、死体は非定型的縊死、あるいは絞死の所見なのである。定型的縊死であれば、顔にうっ血は出現しない。しかし顔にうっ血がある。索条痕はあるが、縊死なのか絞死なのか、区別されていない。検死した医師に訊くと、そういえば後頸部には水平の索条痕があったようだという。絞殺のようで定型的縊死とは言い難い所見である。この大きな矛盾に気付くことなく、首吊り自殺と判定したため、事件性なしで妻の生命保険金500万円は夫に支払われた。

厳しく問い詰めたところ、保険金目当てに妻を絞殺し、首吊り自殺に偽装したことを白状した。それから2年経って、保険金500万円は遊興費に使ってしまい、今度は金欲しさに我が子に同じことをやったのである。許せない男であった。

それにしても、「自殺の首吊り」と「他殺の絞殺」の区別ができなかった警察と検死医の責任も、大きいと言わざるを得ない。

❷絞死

索条物によって首を絞め、窒息死させる。これが絞死である。加害者は被害者の首に索条物を水平にひと巻きにし、交差させて両端を強く引っ張る。首には水平に一周する索条痕が形成される。このとき頸静脈は圧迫されるが、頸動脈は圧迫されにくいので、索条物より上部の首、顔に強いうっ血と眼瞼結膜溢血点が出現する。また、喉が押されるから舌が前方に出て、舌を噛んだ状態で死亡することが多い。

被害者は苦しいので索条物を除去しようと、索条物の下に指先を入れようとするので、爪で自分の皮膚を引っ掻く。それが防御創として擦過傷《さっかしょう》が形成される。タオル、マフラーなど幅の広い索条物は、索条痕を残さないことがある。

絞死の大半は他殺手段であるが、例外として自絞死という自殺がある。自分で首に紐を巻き、絞めて自殺するケースで、自絞死という。これは紐を一重に巻き両端を引っぱる。そのとき、無呼吸状態から意識を失い手を離してしまうため、首に巻いた紐がゆるんで息を吹き返し、死ねない。そこで紐を強く絞め急いで紐を男結びにし、ゆるまぬように固定すれば、意識を失い手を離しても窒息状態は持続し、自絞死は成立する。したがって自絞死は必ず首に紐が強く固定された状態で発見されるのである。

❸扼死

手指で首を絞めて窒息死させる。他殺手段である。前頸部や側頸部に手指爪などの痕跡が出現するので、どの指がどのように作用したかを精査する必要がある。被害者は防御のため加害者の手腕を摑むことが多いので、被害者の爪の間に加害者の皮膚や血液などが入り込んでいることがある。また加害者の手や腕に被害者の抵抗による擦過傷(抵抗創)などが形成されていることもある。

また、肘関節屈曲による窒息死もある。これは被害者の背後から加害者が上肢の肘関節を曲げて、首を挟み強く屈曲させ窒息させる。つまり左右の側頸部の圧迫と気管も圧迫されて窒息死する。この場合は索条痕はないが、顔のうっ血、眼瞼結膜の溢血点などで窒息死であることは分かる。しかし窒息の手段方法については、慎重な調査によらなければならない。

❹胸腹部圧迫（圧死）

息をするときは、肺自体が空気を吸い、吐き出していると思っている人が多いと思うが、実は、肺は極めて小さいミクロの風船のような肺胞の集合体で、筋肉を持っていないため、肺自体は呼吸運動はできない。

横隔膜と肋間筋の運動によって、肺を入れている胸腔を広げれば吸気、狭くすれば呼気になって、2次的に肺は空気を出し入れして呼吸運動をしているのである。

したがって肺の病気は別として、胸腹部が強く圧迫されると、鼻口部、頸部に閉塞はなくても、呼吸はできなくなって窒息死する。これを圧死と言う。

圧死の場合、胸腹部は圧迫されているから、その部位は血の気はなく蒼白であるが、上胸部や首、顔は強いうっ血のため暗赤紫色になっているので、圧死であることが分かる。したがって大地震で家屋の下敷きになると、口や首が圧迫されていなくても、胸腹部の圧迫によって呼吸できず、窒息死（圧死）してしまう。

例外として、かくれんぼしていた子供が、廃棄した冷蔵庫の中に隠れて、死亡した事例があった。冷蔵庫は中から扉は開けられない構造になっているため、密室状態で酸素欠乏による窒息死であった。

第9講

窒息死の謎を解け（窒息篇・その2）

東京の荒川で発見された若い女性の漂流死体は、溺死と診断されたが、首にわずかに首吊りを思わせる索条痕があった。しかし、荒川には大きな鉄橋ばかりで、首吊り自殺をするような場所はない。監察医が疑ったのは「地蔵背負い」だった……。

呼吸のメカニズム

肺が呼吸をしていることを医学的に説明すると、心臓を出た動脈血の赤血球は、酸素と栄養分をたくさん持っている。その血管は末梢《まつしょう》へ行き、やがて毛細血管になって全身の組織の細胞に酸素と栄養を与える。これをもらって細胞は、例えば筋肉組織で言えば、伸び縮みして筋肉特有の働きをする。その結果、筋肉の組織の中に、排気ガスである二酸化炭素や乳酸などの老廃物が溜まっていく。

毛細血管の赤血球は、今度は二酸化炭素や老廃物を吸着して、静脈血となって肺に行き、呼気として二酸化炭素を体外に吐き出す。すると、すぐその赤血球は、肺が吸い込んだ空気中の酸素と結合し、動脈血となって心臓へ行く。こうして血液循環を繰り返している。

言い換えれば、肺が呼吸をするということは、静脈血を動脈血に切り換えていることであり、極めて重要な役割を果たしているのである。そのため、首を絞められて呼吸ができなくなると、脳の神経細胞は酸素欠乏に極めて弱いので、4分以上、脳の血流が止まると、死に至ると言われている。

窒息死は、呼吸ができずに死ぬ場合を言うが、心肺を動かす脳幹の神経細胞が、酸欠によってダメージを受け、脳からの指令が発せられなくなるために死んでしまうものである。

肺に多量の水を吸引したために、呼吸ができずに死亡することを溺死と言う。溺死については別に説明する。

窒息死の謎を解く

ある日4人の刑事がやって来た。年配の1人が「7年前、先生の講義を受けました。お世話になりました」と言いながら差し出した名刺には、警視の肩書がついていた。

「実は今担当している事件ですが、アパートで一人暮らしの若いOLが、ベッドで寝たまま死亡していました。密室状態で室内に異状はないものの、顔がうっ血し眼瞼結膜《がんけんけつまく》に溢血点《いっけつてん》が数個出現しているので、病死のようでもありましたが、念のため大学で司法解剖しました。解剖した若い執刀医は『死因は窒息死である』と言いましたが、『どのような窒息なのか分からないので、手段方法は警察の詳しい捜査にまかせる』と言うのです。これでは私たちも動きようがないので、先生のお知恵を拝借に上がったわけです」と言った。

私は言った。「そうですか。それが本心かもしれませんよ。執刀医もずいぶん大雑把な言い方をしていますが、真面目なドクターなのでしょう。

しかし、窒息死を分けると、病死（気管支喘息）、災害事故死（食物誤嚥《ごえん》）、自殺（自絞《じこう》死《し》）、他殺（絞死、扼《やく》死《し》、鼻口部閉塞など）があるので順番に検討しましょう」。

❶病死の窒息

気管支喘息は、吸気はできるが、細い気管支が痙攣《けいれん》して呼気ができずに窒息状態になる。解剖時に肺は肺気腫《はいきしゅ》になっているので、風船のように膨らんでいる。メスを入れると、それが急に萎《しぼ》む。

解剖に立ち会ったもう1人の刑事は、所轄の主任で「そのような肺ではありませんでした」と言う。「それでは病死は否定されますよ。執刀医は喘息の解剖をしたことがないのでしょうね」。

❷災害事故の窒息

泥酔《でいすい》などによる食物誤嚥、あるいは嘔吐《おうと》した吐物を気道に吸い込む窒息死がある。

刑事は「いや、気管に食物は詰まっていませんでしたし、アルコールも陰性でした」と言う。「それじゃ災害事故でもないですね」。

❸自殺の窒息（自絞死）

自分の首に紐《ひも》を巻き、絞めて自殺するケースで、第8講の説明の通りである。この時の特徴は、必ず首に紐が固く巻き付いた状態で発見されていなければならない。捜査主任は「首に紐はありませんでした」と、即座に答えた。「それじゃ、自絞死も否定されますよ」。

❹他殺の窒息

消去法でいくと、すべての可能性が否定されたので、残るのは他殺しかない。「他殺で捜査開始すべきだ」と言うと、「先生、密室状態だし、室内の乱れもないので、第三者の介入は考えにくい」と言う。「しかし状況はともかく、死体は窒息死。手段方法は消去法でいくと他殺なのだから、その線で行動すべきである」と、私は主張した。刑事らは礼を述べ、重い足取りで帰って行った。

それから3か月後、警視から電話が入った。「お陰様で犯人逮捕できました」と、お礼の電話であった。

被害者の女性は新入社員で、担当の上司は彼女に一目惚れし、何度か食事に誘ったりしていた。彼女は、自分の上司であったから仕方なしに付き合っていたが、やがて彼女も冷たく対応するようになっていった。

半年も過ぎた頃、彼女が結婚するらしいという話が上司の耳に入った。彼女を誰にも渡したくないと焦った上司は、彼女のロッカーを開け、ハンドバッグの中からアパートの鍵を持ち出し、合鍵を作って持っていた。

深夜、上司は彼女の部屋に侵入した。もちろん手袋をしていた。熟睡中の彼女に馬乗りになり、毛布がかかっていたので、その上から両手で鼻口部と首を圧迫した。

女性は小さく「ウー」と唸《うな》ったが、やがてぐったりしたので、上司は彼女の身体をしばらく愛撫した後、施錠して逃げ帰ったというのである。

他殺であったが手袋をし、さらに毛布の上から鼻口部と首を押さえ込んだので、扼死などの所見は見当たらなかったのである。

しかし、顔のうっ血と眼瞼結膜の粟粒大《ぞくりゅうだい》の溢血点から、鼻口部閉塞、あるいは扼殺の事実を暴き出すことができたのであった。

地蔵背負い

東京の荒川で、若い女性の漂流死体が発見された。

検死すると、口から細小白色泡沫液を洩《も》らしているので溺死のようであるが、首にはかすかに首吊りを思わせる索条痕《さくじょうこん》があった。さらに顔はうっ血し、眼瞼結膜に溢血点が出現している。溺死なのか首吊りなのか、死因がはっきりしないので、監察医務院で行政解剖をすることになった。

解剖の結果は、仮死状態での溺死という診断になった。

事件は昭和32（1957）年、私は大学の法医学の研究室の助手で2年目であった。監察医をしている先輩もいたので、私もこの事件の成り行きに注目していた。

解剖に立ち会っていた警察官らは、「どういうことなのか」と執刀医に詳しい解説を求めた。

「荒川で首吊りをしたが、紐が切れて仮死状態で川に落ち、溺死したと考えられる」と執刀医は言う。「しかし、先生、私の担当地域に荒川は流れていますが、大きな橋と鉄橋ばかりで、首吊り自殺をする場所はないし、川辺に枝っぷりの良い樹木はありませんので、それは考えにくい話です」と警察官らは言うのである。

上流の渓谷のほうへ行けば、枝っぷりの良い木はあるだろうが、その地区は森林地帯なので樹木はたくさんある。川辺から川の中央に向かって長く伸びる枝の先まで、わざわざ危険を冒して行き、首吊りをする必要は全くない。

解剖室の片隅で執刀医を囲み、立会いの警察官ら数名が立ち話を続けている。解剖を終えた監察医も何人か加わった。そのうちに「地蔵背負い」という話が出てきた。「え？　地蔵背負いってなんですか？」警察官から質問が飛んだ。

言い出した大先輩が、「祖父から聞いた話だが」と前置きしながら語ってくれた。

現代では知る人はいないだろうが、江戸時代、村の器用な人がお地蔵さんの石像を彫る。できあがると村人が集り、お祭りのように行列をつくって、村の辻に安置する。その時、長い距離、重いお地蔵さんを運ばなければならない。その運び方はお地蔵さんの顎《あご》の下に紐を掛け、若者の背中に、お地蔵さんの背中を合わせて背負うのである。ちょうど若者の背中でお地蔵さんが首吊りをしている格好になる。これを地蔵背負いと言う。そのような背負い方があるというだけの話である。

しかし、法医学的に考えると、お地蔵さんの首には縊死《いし》状の索条痕が形成される。縊死（首吊り）は自殺の手段である。ところが地蔵背負いの中身は他殺である。自殺を思わせる殺人方法なのだ。悪知恵を働かせれば、完全犯罪が成立する。しかしそのような事例は皆無である。

万が一、そのような犯人がいたとすれば、犯人像は自《おの》ずと限られてくる。まず第一の条件として、身長差が大きくないとできないから、大男であること。次の条件は、法医学に精通している人物。我々の仲間かと思うと、冷や汗が滲み出る。そうではないことを願うだけだ。最後の条件は、法医学を知らない人だとすれば、片手の不自由な人が行う殺人方法である。

説明が終わると、しばらく沈黙が続いた。結論が出たわけではないが話は終わった。

警察官らは、1つの死因から殺人像までを推理する監察医の話に、驚嘆しながら帰って行った。

それから2日後、被害者の身元が判明した。東京近郊に居住する小柄な女性であった。捜査の焦点は絞られ、犯人はいたたまれず自首した。予想は的中した。

その時の新聞に、片腕の大男が映っていた。

男の供述によれば、荒川土手に女性を誘い出し、話し合っているうちに小雨が降り出した。男は、「濡れると風邪をひくから」と、隠し持った日本手ぬぐいを小柄な女性の肩に掛け、頃合いを見計らって手ぬぐいの両端を合わせ持ち、女性を自分の背中にかつぎ、地蔵背負いにして、土手を駆け降り、仮死状態の女性を荒川に投げ捨てたのであった。

監察医が死体所見から犯人像まで言い当てるような事例は、滅多にあるものではない。死体が真相を語ってくれたのである。法医学の本領がいかんなく発揮された事件であったし、また私が監察医になるきっかけになった事件でもあった。

第10講　耳から溺れる話（溺死篇・その1）

泳げる人が背の立つような浅い場所で溺死する。この不思議な現象を解明するため、溺死体を詳細に調べると、頭蓋底錐体部に出血がみとめられた。脳に異常がなく、心臓麻痺も起こしていないのに、平衡感覚を失うメカニズムとは——。

泳げる人の溺死

水泳の選手が背の立つプールで溺れた事案があった。ドクターが「溺死ですね」と言うと、死者の同僚らが、「水泳の選手なので溺れるはずはない。しかも水を飲んで苦しくなれば、立ち上がれるので溺れるはずはない」と反論した。ドクターが「心臓麻痺《まひ》を起こしたのだろう」と説明すると、なぜか納得したというのである。

この話は私の心に大きく引っかかった。なぜならば、背の立つ浅瀬であれば立ち上がれるので、溺れることはない、と言いながら、死因は心臓麻痺と言えば納得するというのはおかしい話だからだ。

亡くなる人のすべては心臓が麻痺する。さらに脳も呼吸（肺）も麻痺する。脳心肺の麻痺は症状であって死因ではない。死因は、この3つの重要臓器の麻痺を起こさせた原因や疾病である。だから肺炎、胃癌、あるいは脳出血などが死因になるのである。したがって心臓麻痺というのは、ドクターのごまかしである。以来、私は溺死に興味を覚え、溺死の検死、解剖を率先してやってきた。

それから2、3年後、溺死の解剖時に頭蓋底《ずがいてい》の中耳内耳を取り囲む隆起した側頭骨錐《すい》体部《たいぶ》（耳の穴を囲んでいる骨）の中に、出血があることが分かった。

当時、溺死の診断は解剖して肝や腎の中からプランクトンを検出することであった。つまり、溺れて肺に溺水を吸引すると、水と一緒にプランクトンも血中に吸引されてくる。プランクトンが肝や腎の組織に引っかかっているから、これを検出すれば溺死と言えるのだ。

ところが、病死の人の肝腎からプランクトンが検出されることもあるので、プランクトンによる溺死の診断は、あてにならないとの報告が出てきた。陸地にもプランクトンの残骸がたくさんある。つまり波しぶきの中にプランクトンはたくさん存在するし、魚介類はプランクトンの塊でもある。風が吹けば塵《ちり》に混じってプランクトンの残骸は空中を舞う。これを吸い込めば溺死でなくても、肝腎からプランクトンは検出されるからである。

プランクトンによらない溺死の診断方法を考えなければならないことになったのである。

法医学会は、文部省（当時）に研究費を申請し、２００万円が出ることになった。しかし12大学から研究公募があったので、1大学16万円ほどの配分になった。癌の研究などは1人に数千万円の研究費が出る。このギャップに唖然《あぜん》となったが、仕方がない。やるしかなかった。以後、私は溺死の研究に集中していった。

錐体内出血でめまいを起こす

溺死の解剖時に頭蓋底錐体部の骨を取り出し、顕微鏡標本を作って詳細に調べたところ、溺死の60パーセントに錐体内出血があった。40パーセントは出血のない溺死であった。

これをまとめて「溺死に見られる錐体内出血」と名付けて学会に発表した。さらに、なぜ溺死に限ってここに出血が出現するのか、そのメカニズムを説明しなければ、学術論文にはならない。

遊泳中に誤って水中で鼻から水を吸うと、耳に痛みを感ずることがある。それが強く起こると、鼻の奥から鼓膜の裏側に通ずる耳管という細いパイプがあり、そこに水が入る。耳管に入った水は、水の栓《せん》を形成する。その際、引き続き水中で呼吸運動、嚥下《えんげ》運動を続けると、耳管内の水栓がピストン運動を繰り返す。

そのため、錐体内の乳様蜂巣《にゅうようほうそう》（骨の中は蜂の巣のように小さい空洞がたくさんある）に陰圧、陽圧が加わり、強い陰圧が加わると、蜂巣の内膜や毛細血管（オブラートのような薄い膜）が破綻して出血する。これが錐体内出血のメカニズムであると説明した（図14、第7講図11参照）。

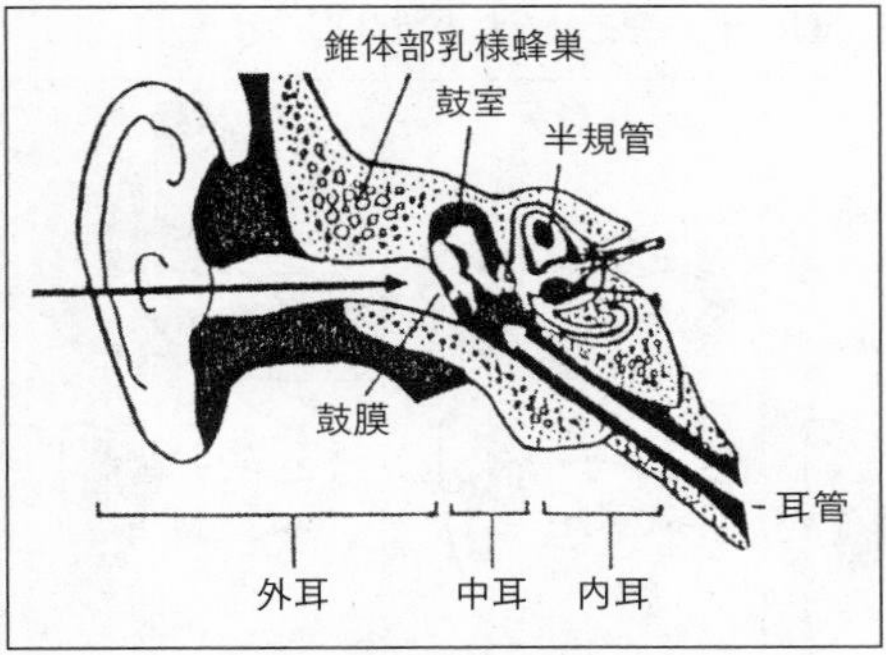

図14　耳の構造

一般的な病死の場合、頭蓋底錐体部は蒼白で、割面の乳様蜂巣（蜂の巣状、あるいは軽石状）は顕微鏡下では空虚であり、蜂巣内の被膜は薄く骨に密着し、毛細血管が点々と見える。

窒息の場合は、乳様蜂巣内にうっ血があり、錐体部は赤褐色《せっかっしょく》、あるいは淡青藍色《たんせいらんしょく》に見える。割面の蜂巣の被膜は浮膜状で、毛細血管がうっ血している。

溺死の場合は、錐体内出血を生じ、蜂巣内は赤血球で充満している（図15参照）。

昭和41（1966）年、溺死に見られる錐体内出血として法医学会に発表した。以来、この学説

図15　病死、窒息死、溺死それぞれの錐体部の状態

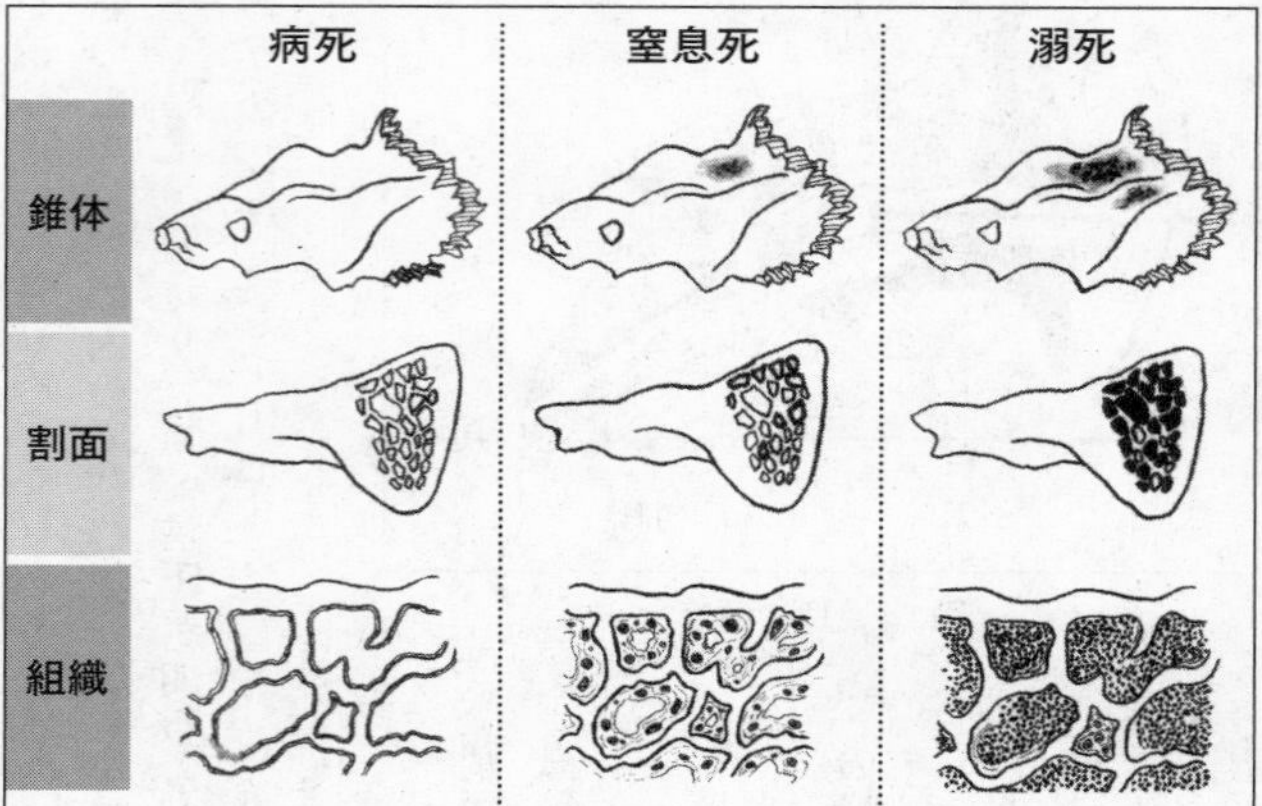

病死	窒息死	溺死
錐体内乳様蜂巣正常所見	錐体内うっ血と浮腫	錐体内出血
錐体部は蒼白で、割面に乳様蜂巣が見え、蜂巣内は空虚	錐体部はうっ血し赤褐色または淡青藍色に見える。割面の蜂巣の被膜は赤色に見え、浮腫と毛細血管のうっ血が見える。	錐体内出血が赤褐色に見える。蜂巣内には血液が充満している。

に反論はなく、法医学の教科書に溺死の診断に役立つとして掲載されている。

さらに、泳げる人が背の立つ浅瀬で溺れる不思議な現象も、研究を続けているうちに原因が分かってきた。

錐体の乳様蜂巣の中心部には三半規管《さんはんきかん》がある。乳様蜂巣に出血が起これば、三半規管の機能は低下してめまいを生じ、平衡感覚が失われる。脳の機能に異常はないので、意識はあるが平衡失調が起こるため、いかに泳ぎが上手でも、背の立つ浅瀬で溺れてしまう。

「泳げる人の溺死について」という論文を翌年に発表することができた。

心臓麻痺などではなく、耳から溺れるのである。これは大発見であった。研究費は少なかったが、成果は絶大であった。

細小白色泡沫液は溺れた証拠

もう一つ、溺死の診断に欠かせない発見がある。それは、細小白色泡沫液を鼻口部から吹き出す現象である。肺内の空気に吸引した溺水が混合し、呼吸運動を繰り返すと、白色の泡沫液が形成される。その泡沫は体液が溺水によって薄められてできた泡なので、大きく膨らもうとする泡ははじけてしまい、極めて小さい泡だけが残る。

これが溺死に見られる細小白色泡沫液で、鼻口部から洩《も》れ出てくる。これは溺死の生

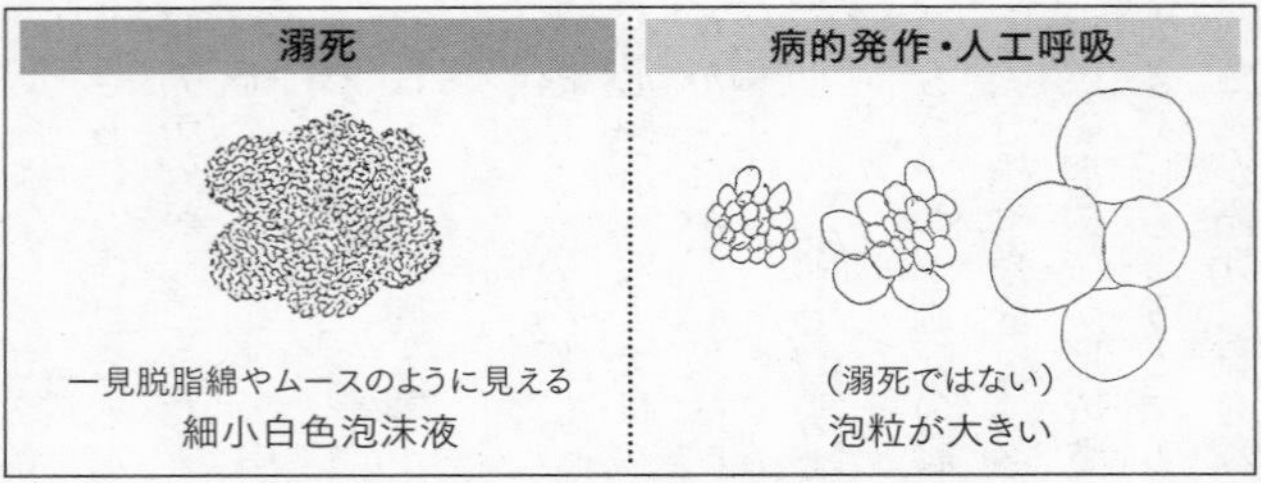

図16　鼻口部から吹き出す泡粒の違い

活反応で、溺死特有の所見である。一見、脱脂綿かムースのように見えるほど、泡粒が小さいのが特徴である。泡粒が大きい（小豆大以上）場合は溺死ではない。

これを知らない人は、泡が出ていたから、溺死に違いないと言うが、泡沫の大きさを確かめる必要がある。細小白色泡沫液でなければ、溺死とは言えない（図16参照）。

入浴中の溺没

近年、入浴中の溺死が増えている。損害保険に加入していると、事故死として処理されれば、多額の補償金を受け取ることができる。しかし、保険会社は、「病気の発作で溺れたので損保の対象外だ」と主張して裁判沙汰になることがある。私も保険会社から鑑定を依頼されることが多かった。

死亡者側の主張は、「入浴中に体温の急変、血圧の変動、心拍動の増加、水圧の影響、めまいなどを起こして意識を失い、水を吸って溺れた外因性の事故なので、損害保険が適用されるべきである」と言うのである。

私は保険会社から鑑定を依頼されたが、会社に有利な鑑定をするようなことは決してしない。この人はなぜ死に至ったのかを公正忠実に観察し、法医学的に明らかにするだけである。この公正さを持たない人は、鑑定人になってはならないと私は思っている。

入浴中の溺没について私の見解は、入浴中は誰でも死亡者側が主張するような症状は起こるが、溺れて死ぬ人はまれである。しかも、その症状は器質的変化ではなく、機能上の生理学的変化であるから、解剖しても確認することはできない。

さらに、一過性（一時的）で軽症なので、浴槽内で水を吸えば、気道の異状を感じてむせて、反射的に覚醒する。あるいは苦しさ、呼吸困難から顔を上げる、浴槽のへりにつかまるなど、防御姿勢を取ることができるので、溺れることはない。背の立たない深い水中での溺れとは違うのである。

それにもかかわらず溺れるのは、入浴中病的発作（虚血性《きょけつせい》心不全《しんふぜん》、心筋梗塞《しんきんこうそく》、脳出血、くも膜下出血など）が先行して、強い意識消失を生じたため、浴槽内で溺水を吸引しても苦しさを感知せず、防御姿勢を取ることもできずに溺死したと考えるべきで、背の立たない水中での溺没事故とは全く違うのである。

溺れる誘因に病的発作があり、強度な意識消失が先行しているので、単純な外因性の溺死ではない、と私は説明する。

しかし、死亡者側は、「死亡者がもしも入浴中ではなく、畳の上であったら死ななかっただろう。だから風呂の水を吸って溺れた外因死なので、病死ではなく事故死だから、損害保険の適用になる」と言うのである。

それは間違っていると私は思う。なぜならば人は皆、過去を背負って生きている。死亡直前の入浴を無視して、畳の上に設定を置き換えて、この人の死を論ずるのは妥当な判断ではない。私たちは過去とのつながりで生きているのである。

繰り返しになるが、入浴中の溺死は単純な溺れではなく、病的発作があり、強い意識消失を起こしたために、溺水吸引の苦しさを感知できず、防御姿勢も取ることができずに溺れるのであるから、死の出発点は病的発作である。

しかし裁判は、医学的判断だけでは終わらないこともあるようで、入浴中の溺死が事故死扱いになる例もあるのである。

立証が難しかった過労死

その時、私は過去に何度も体験した過労死の事例を思い出す。昭和の時代、経済的に高度成長期にあった頃の過労死の話である。

社内で勤務中に倒れた会社員だった。元気な人の突然死だったため、変死扱いになり解剖すると、死因は心筋梗塞であった。妻子は「お父さんは休みなしで5か月も残業が続いたので、疲れ果てた上での殉職である。労働災害補償の適用になるはずだ」と、会社に相談したが、「外傷などの事故死ではなく、病死なので対象外だ」と会社から言われた。

そこで解剖医の私のところへ相談に来る妻子が多かったのだ。労災が適用されれば、日給の1000日分が家族に支給されるのである。「ご家族の気持ちはよく分かるので、意見書を書きますから、会社の勤務表をつけて労働基準監督署に提出しましょう」と、40件くらい扱ったことを思い出した。

解剖で分かったことは、死亡者には動脈硬化が中等度に認められ、心臓の栄養血管である冠状動脈の硬化も中等度で、心筋梗塞の発作も、今起こすほど強度ではない。しかし身体的過労がその発症を早めに誘発したと考えられる。過労は機能的変化であるから、解剖しても器質的変化と違って目には見えず、立証はできない。しかし、勤務表が示す通り過労状態であったことは間違いないので、労災の適用が妥当であると主張したが、病死では適用外とされ、すべて却下された。

意見書の提出は、監察医としては業務外の仕事であるから、執刀医個人として書き続けた。このような意見書を提出した監察医は私だけであった。無念であった。ところが平成2年、私が退職してから2年目に、新聞で、病死でも過労死を労災と認めるとの記事を発見した。嬉しかった。弱者の喜びが聞こえるようである。小さい積み重ねが実ったのである。

入浴中の溺死も、過労死同様、正しく理解されるべきである。

第11講

水中死体は溺死とは限らない（溺死篇・その2）

川を漂流していた服を着た腐乱死体。気管や肺の気管支から砂が検出された溺死体。これらは一見して溺死だと思われる状況だが、何かが、おかしい。溺死と判断できる頭蓋底錐体部の出血を仮に見逃しても、法医学の知見は真実を明らかにする。

浮かんでいる溺死体、沈んでいる溺死体

溺れるのは、気道に水を吸い、その水が肺の空気を押し出し溺水と入れ替わるため、浮き袋の役目がなくなり水没するのである。これが一般的溺死のパターンである。

しかし、少量の冷水を気道に吸引したり、中等量の溺水を肺に吸引した状態で溺死する場合もある。その場合は肺の空気が相当量残っているので沈まず、浮いた状態での溺死になる。

また、浮いた溺死体にはもう1つ別なケースがある。一度沈んだ溺死体が腐敗し、充満したガスによって浮上する場合である。これは巨人様観を呈し、水面に浮上してくる。

あるいは地上で殺害され、水中に投棄すれば、沈まず浮いている。そのため錘《おもり》をつけ

て投棄する。

しかし腐敗ガスが充満すると、錘をつけていても浮上する。どのくらいの錘をつければ浮上しないのか、それはここに書けないが、体重によって異なり、相当な重さの錘が必要である。したがって1人では遺棄できないから、ここから、逆に複数犯であることが分かってくる。

スクリュー創

東京湾では浮遊死体が発見されることが多い。隅田川、荒川、江戸川、多摩川などの入水自殺体が東京湾に流れ込むからである。その時、溺れた場所は川か海かの区別も必要になってくることがある。淡水溺死か海水溺死かは、血中の塩分濃度を調べたり、プランクトンの種類で入水場所を推定することも可能であるが、そこまでやるような大事件はなかった。

また、頭部に大きな割創や切創があったり、片方の腕が切断されているケースなどもあり、事件性が疑われるケースもあったが、大半は腐乱死体となって水面すれすれに浮遊中、近くを通る小舟のスクリューに巻き込まれて生ずる現象である。死後の損傷であるので、これをスクリュー創と言っている。知らないとびっくりするが、生活反応がなければ、心配することはない。

さらにもう1つ追加すると、溺死体の手掌面、足蹠《そくせき》面に漂母皮《ひょうぼひ》形成（しわしわにふやけた状態）が見られる。これは溺死の生活反応ではない。日常生活で長いこと水仕事をしていると、手掌面がしわしわになる。これが漂母皮形成で、長い時間、水に浸かっていた証拠である。死体を水中に遺棄しても漂母皮形成は出現する。これがあるから溺死だということにはならない。

法医学は雑学だなどと言われたりするが、その雑学が大事件を解決することもあるので、結構面白いのである。

服を着た漂流腐乱死体

私は医者になってすぐ、臨床経験のないまま大学の法医学教室に入った。4年間法医学の基礎的研究をし、博士号を取得した。その後、実践法医学の現場である東京都の監察医に転出した。監察医は、検死当番の日と解剖当番の日に分けられ、都内の変死体（当時は1日平均20～30件）を警察官と一緒に処理しているのである。溺死も多いので研究の成果は上がった。

ある日、県警の捜査一課の幹部が資料を持参し、相談にやって来た。話を聞くと、川の堰《せき》に腐乱した男性の死体が浮いていた。県警は身元不明であるし、念のため司法解剖をしていた。数日後、身元が分かり、自宅から遺書も発見された。解剖所見は、腐敗しているが溺死肺の所見があり、錐体内出血《すいたいない》の記載はないが、溺死、入水自殺と判断された。

それから数年経って、このケースは殺人事件の疑いがあるとされ、再捜査が行われることになったというのである。「大学の専門家が解剖しているのに、私が資料を見てコメントすることはないでしょう」と言うと、「溺死の専門家の先生のご意見をお聞きしたい」と言うのである。

おだてられながら資料を見ていると、発見された現場の写真があった。浮遊塵と一緒に作業服を着たまま、うつ伏せに浮いている腐乱死体であった。「この人は何キロ上流から流れてきたのか」と聞くと、「自宅からだとすれば約20キロメートル以上になる」と言う。「それはおかしいな」。20キロメートルも上流で入水すれば、溺水を肺に吸引し空気は押し出され、肺は浮き袋の役目がなくなって、水底に沈むはずである。

その状態で水底を回転しながら、下流へ数キロ流されるうちに、着衣はすべて脱げて全裸になってしまうのが一般的である。

さらに全裸になってからは100メートル競走でスタートするような四つん這いの姿勢で川底を流れるので、石や岩、砂利に額、両手背、足趾《そくし》背面などが擦過《さっか》されながら数キロ流れるから、皮膚筋肉が擦れてなくなり、骨が露出するなど、生活反応のない損傷が形成される（図17参照）。

そのうちに腐敗して腐敗ガスが身体に充満すると、土左衛門《どざえもん》という巨人様観を呈して水面に浮上し、長い距離を下流へと流れていく。

このような経過を辿るのが川での溺死体である。しかし本件は20キロメートルも流れて着衣が脱げず、川底と擦過した死後の損傷もない。「この状況から考えると、この人は溺死ではないと私は思いますよ」「え？　それではどういうことが考えられますか」。警察は先を急いでいる。

「川底に沈むことなく川面を浮いて流れてきたから、服も脱げず、また川底との擦過もない。つまり死亡後にこの遺体は川に遺棄されたので、沈まず川面を流れてきたと考えるべきでしょう」「なるほど溺死ではないから、肺に空気が入っているので沈まない。それで水面を流れてきた。そうか、そうですよね。さすが専門家の見方は違いますね。勉強になりました」と言い残し帰って行った。間もなく私は再鑑定書を県警に提出した。

私の推定通り、事件は解決した。これもやはり保険金がらみの事件であった。遺書は、偽装工作として犯人らが書いていたことも判明した。

図17　溺死後の水底での姿勢

黒塗り部分は死後の擦過で骨を露出している

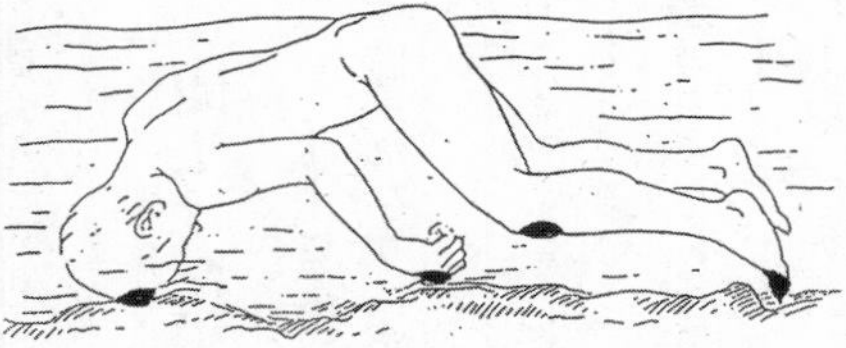

出典：Ponsoldより

溺死の研究をコツコツやってきたことが、事件解決に役立つことに喜びと誇りを感じた。

間抜けた犯行

人を殺して水中に遺棄しても、死体は沈まないことを多くの人たちは知っているのか、遺棄死体はそれなりに錘をつけている。なぜ沈まないのかというと、肺が浮き袋の役目をしているからである。錘をつけて沈めても、腐敗ガスが身体に充満すると、土左衛門と言われるように巨人様観を呈し、膨らんで、錘をつけたまま水面に浮き上がってくる。何キロくらいの錘をつければ浮かんでこないのか、私は知っているが、ここに記載することは避けることにする。

ある事件では、大人に6キログラム、子供に4キログラムの錘をつけて水中に遺棄したが、数日後、腐敗ガスが充満して死体は錘をつけたまま浮上し、事件が発覚した。

また、中年の女性が男性を殺し、湖水にかかる橋の上から5キログラムのポリ容器3個に水を入れ、15キログラムの錘として死体に結び付け、深夜に遺棄した。どうなったか分かるだろうか。

もう1つの事例は、東京湾に停泊中の船の中で、船員が喧嘩して相手を殺してしまった。廃棄予定の小型の冷蔵庫があったので、遺体に冷蔵庫を縛り付け、錘にして深夜、海に遺棄した。こちらもどうなったか分かるだろうか。

ポリ容器に入った水は地上では重いが、中の水は湖水の水と同じ比重であるから沈まない。錘になっていないのだ。

冷蔵庫も地上では重いが、扉を閉めれば沈まない。翌朝、冷蔵庫を背負った男が浮いていたのである。笑い話のような本当の話である。幼稚で間抜けた事件であった。

砂を吸い込んだ溺死体

新婚旅行でオーストラリアのケアンズへ行った夫婦がいた。男性は56歳、女性は28歳のホステスだった。夕凪《ゆうなぎ》の海、泳いでいる人は少なくなっていた。遠浅で腰くらいの深さで2人は遊んでいたが、彼女の姿が見えなくなった。間もなく沈んでいるのを発見し、すぐ救い出して岸辺に運んで人工呼吸をしながら助けを求めた。集まって来た人と交代しながら救助を続けたが、間に合わなかった。現地のドクターが解剖し、遊泳中の溺死事故と判定された。

彼女は、旅行中に災害事故死すると多額の補償金が支払われる保険会社数社に加入していた。そのため男は帰国すると、すぐオーストラリアのドクターの死亡診断書をつけ、補償金を請求した。

保険会社の1社から電話が入った。溺死の専門家である先生に相談したいというのである。「現地で解剖し遊泳中の溺死事故と診断がついているのであれば、私がコメントをする余地はないでしょう」と言うと、「簡単な解剖所見の記録があるので、それを見てほしい」というのである。2日後、保険会社の担当者と代理人である弁護士がやって来た。解剖記録2枚（英語）に日本語の訳がついていた。

気管及び肺の気管支に砂が入っている。砂は20グラムであると記載されている。おかしいと思いながら読み進めると、肺は海水を含み溺死肺であるが、頭蓋底《ずがいてい》の錐体内出血の記載はない。錐体内出血を知らないドクターは多いからそれはよしとするが、病死の解剖ばかりで、溺死などの解剖をしたことのないドクターが圧倒的に多いから、所見をそのまま記録していたのであろう。それが幸いした。

気管に砂を吸い込んでいる溺死はまれである。それが本当であれば、限られた状況が考えられる。溺れる場合は水面に近い海水を吸って溺れるので、重い砂が水面近くに浮いていることはない。それが気道に入り込むには、顔が砂地に押さえ込まれた場合に限られる。これは他殺であって、決して遊泳中の溺死ではないと即答した。

その趣旨の意見書を提出した。保険会社が私の鑑定を男に伝えたところ、男は姿をくらまして音信不通になったという。警察沙汰にならずに終わっている。

日本での事件ではないし、警察も介入できない外国のケースなので、それ以上の進展はないままだ。法律上はそうなるにしても、殺人の容疑者が野放しのままであるのはおかしい、許せない事件であった。

顧《かえり》みれば、医者になり法医学を専攻し、監察医になって、溺死の研究を始め、いろいろな研究をしながら、警察官と一緒に社会秩序の維持に貢献してきた。人の病は治せない医者なのだが、死者の声を聞く特殊技術を身に付け、亡くなった人々の人権を擁護してきた。

自分のやりたいことをやり通してきたので、悔いのない人生であると思っている。

第12講 メッタ刺しは小心者の仕業?（損傷篇・その1）

メッタ刺しやメッタ打ち事件は残忍な犯行だと恐れられるが、強い怨恨や殺意を持っていると思われる犯人は、力が弱く、気も弱い人物であることが少なくない。殺意の強さは、外傷の多さで決まるのではない。

「傷《ショウ》」と「創《ソウ》」

キズには「傷」と「創」がある。その違いを分かりやすく説明すると、皮膚は、次ページの図18に示すように、表皮と真皮の2層になっている。

表皮は体表面を薄く保護しているだけで、血管も神経もない。だから、はがれても痛くはないし、血も出ない。その下の真皮は血管も神経も分布している。

日焼けして表皮が剝《む》けても痛くはないし、血も出ない。この表皮だけの損傷を擦過傷《さっかしょう》（表皮剝脱）と言っている。

鋭器や鈍器などにより、その下の真皮まで損傷が及ぶと、切創《せっそう》、刺創《しそう》、あるいは挫裂創《ざれっそう》などと言い、出血や痛みを伴う。

毛と爪は表皮の角質層が変化してできたものであり、性状も同じなので、切っても痛くないし血も出ない。毛は1日に0・3ミリメートル伸びると言われ、頭毛は1日に50本前後抜け変わるようである。

事件の現場で毛髪を採取するのはDNA鑑定をするためで、捜査上極めて大切なものである。

図18　皮膚の構造

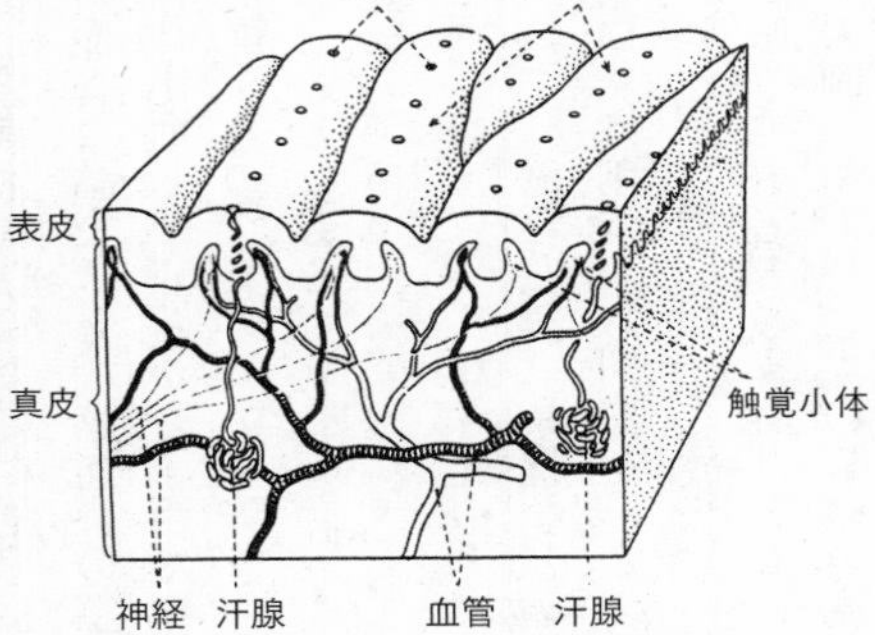

出典:藤田恒夫『入門人体解剖学』より

鋭器による損傷

❶切創

ナイフ、包丁などで皮膚を切った場合、創は、深さよりも創の径が長いことが多いので、皮下の浅い所の毛細血管や静脈を切っているが、深い所を通る動脈は切らない場合が多い。したがって致命傷になりにくい。

また、静脈の血圧は低いので、切っても血は飛散しないが、動脈圧は高いから数メートル飛散することもある。

太い静脈を切り、創口が開放されたまま

であると、静脈は心臓に戻る血管なので、切り口から空気が吸い込まれ、その空気が脳の細い血管に詰まると、脳血管の空気塞栓《そくせん》を生じ、急死することがある。

創口は出血しているから、手で押さえると止血の効果がある。そうすることで、同時に、静脈からの空気の吸引を防ぎ、さらに血液が凝固し、止血できるので、身を守る上で大切なことである。

❷刺創

ナイフ、包丁、キリなど先のとがったもので皮膚を刺すと、刺創口は小さくても創洞は深いので、重要臓器や血管などを損傷すると致命傷になることがある。

刺創口、刺創洞から凶器を推定する。特に刃物で刺した時の刺創口と、抜く時の刺創口（図19参照）は、みねの部位は「状で変化はない。

しかし、加害者と被害者はともに動きが大きいため、刃先の角度が違ってくる。そのため、刃側は刺入時と抜去時の角度が違っているのでW字状の創角をつくることが多い。

❸割創《かつそう》

鉈《なた》、斧《おの》など重く柄の長い刃物などで加速度をつけて打ち下ろすように皮膚に損傷を与えると、割創となる。

創口は大きく哆開《しかい》し、外力は骨に達して骨折し、あるいは骨に切創を生ずることもある。

メッタ刺し事件

生活反応篇(第6講)で述べたが、メッタ刺し事件が起こると、刺創が多いので、メディアはすぐに「残忍な犯行」だと報道する。分かりやすい表現だが、これを検死する立場から観察すると、全く違う背景が見えてくる。

生活反応のある刺創と、ない刺創があるので、分けて観察すると実態が分かってくる。例えば、酔って寝ている夫の首を妻が2、3回ナイフで刺した。夫は頸動脈《けいどうみゃく》が切れて致命傷を負っているが、妻はそれを知る由もない。起き上がってくれば自分がやられてしまう。その恐怖のために無抵抗の夫の身体を、所構わず刺し続ける。数多く刺せば起き上がってこられない。その一心なのだ。

図19
刃物で刺した時と、
刃を抜いた時の刺創口

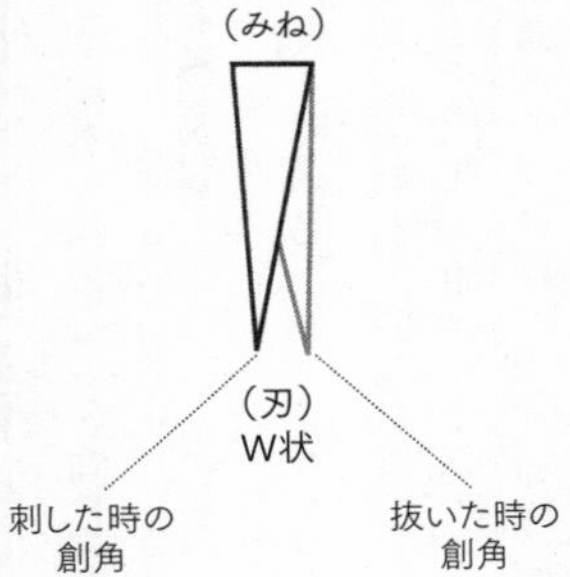

だから生活反応のある刺創は2、3個で、生活反応の弱い刺創が数個、残る大半は生活反応のない、死亡後の無駄な刺創である。生活反応を観察すると、刺した順番が分かると同時に、犯人像も見えてくる。

メッタ刺しは残忍な犯行に見えるが、犯人

が残忍な性格だからなのではない。弱者（女性や子供）の保身の心理が、そうさせるのである。弱い犬が吠えるのと同じなのだ。

鈍器による損傷

❶表皮剥脱（擦過傷）

表皮のみが剥離《はくり》し、真皮に達しない状態を擦過傷という。表皮には血管、神経の分布はないので、出血も痛みもない。

❷皮下出血

鈍体の作用で、表皮と真皮の損傷は少ないが、皮下の毛細血管が破綻するのが皮下出血である。初めは淡青藍色《たんせいらんしょく》、あるいは赤褐色《せっかっしょく》に見えているが、6日くらい経つと、淡黄色に変色し、2週間くらいで吸収され、出血の痕跡は消える。

❸心臓震盪《しんぞうしんとう》

小学6年の男子生徒がソフトボールの試合中、左前胸部に死球を受けた。すぐ一塁に向かって走り出したが、10メートルくらい走ったところで倒れて、心肺停止状態になった。すぐAED（自動体外式除細動器）を使って、心臓に電気ショックを与えたところ、心肺が動き出した。その後入院し治療を受けて、回復した。これが心臓震盪である。

心臓の近くの衝撃で一時的に心臓が痙攣《けいれん》し、拍動が止まった状態であり、最悪の場合は死に至ることもある。

❹**圧挫症候群**《あつざしょうこうぐん》

皮下出血や筋の挫滅出血が強度で広い範囲に及ぶと、そこにミオグロビンという毒素が発生し、血管内に吸収され、腎臓を経て尿と一緒に体外に排泄される。ミオグロビンが腎臓の下位尿細管に詰まって血中の尿成分をろ過する機能が低下し、乏尿《ぼうにょう》状態（腎不全）となり、10日前後経って死亡することがある。これを圧挫症候群（Crush syndrome）という。

大地震で崩れた建物の下敷きになって入院して、広範な皮下出血や筋肉の挫滅出血があって乏尿状態となり、10日前後で死亡するケースがこれである。

❺**挫創**《ざそう》**（打撲創）**

堅い鈍体が皮膚に強く作用すると、皮膚が切れ、創口は小さく創縁は不整形で、その下の創洞は袋状に挫滅していることが多い。これが挫創（打撲創）である。バットなどによる打撲などに見られる。

メッタ打ち事件

メッタ刺し事件とパターンは同じである。

我慢の限界を超えたいじめられっ子が、いじめっ子を待ち伏せ、背後から金属バットで頭部を殴打した。相手はその場で昏倒した。頭皮に割創を生じ、頭蓋骨は割れ、脳挫傷で死亡状態であった。

しかしいじめられっ子は、「相手は強いガキ大将だ。もしも起き上がってきたら自分がやられてしまう」という恐怖におののき、無抵抗で倒れている相手を叩き続ける。そうしないと自分が安心できないのだ。保身の心理である。残忍な性格だから叩き続けているのではない。加害者が被害者よりも弱者であるために、保身の心理がそうさせているのである。

このメッタ打ちは、殺意が強いと見られているようだが、私は必ずしもそうとは思わない。例えばヤクザの喧嘩などは、急所を一突きで殺傷している場合が多い。殺意を外傷の多さで決めることは正しい判断とは思えない。

❻裂創《れっそう》・防御創・ためらい創

皮膚が牽引《けんいん》伸展して破綻した場合を裂創と言う。

加害者に襲われた際、被害者は防御姿勢をとり、腕などで攻撃を防ぐと、そこに凶器による損傷が生ずる。これを防御創と言い、犯行の様相を推察することができる。

ためらい創は、刃物で自殺を試みる人に見られる。痛いか、血が出るか、死ねるか、止めようかと逡巡《しゅんじゅん》しながら、手首を浅く、何度も試し切りをする。これは自殺者のサインと見なされる。決行できずに自殺を止める人もいる。

第13講

飛び降り自殺は足から着地?(損傷篇・その2)

高所からの墜転落は体に大きな損傷を負わせる。ただ、自殺と他殺、事故では着地時の姿勢が異なるため、損傷する部位も自ずと変わってくる。つまり、着地時点の損傷を精査することで、発生の状況が推定できるのだ。

バラバラ事件

昭和の時代、バラバラ事件は珍しかった。

平成6(1994)年3月、福岡のインターチェンジのあちこちのゴミ箱の中から、小さいポリ袋に、細切れになった人体部分が三十数個発見されて大騒ぎになったことがある。

ワイドショーが盛んな時代であったので、私は解説者として朝から晩まで各局で解説を求められた。犯人像の推理が主であった。

残忍で怨恨《えんこん》の絡んだ変質者だろうと、解説者らはコメントしていたが、私の番になったので、監察医時代の体験を踏まえて、犯人の行動を分析し解説した。

人を殺して家の中に隠しても、人の出入りがあるし、2、3日後には腐敗臭のため発覚してしまう。犯人は、人を殺しておきながら自分は警察に捕まりたくない。保身の心理が強いから、その晩のうちに遺体をどこかへ捨てに行かねばならない。遺体が1体のままでは重いし、運び出す際に見つかってしまう。昔は畳を上げて、縁の下に埋め隠すケースもあったが、現代の都会の建物には縁の下はない。細かく分断すれば、運びやすいし捨てやすくなる。そのために遺体をバラバラにするのである。

当時、このような解説をする人はいなかった。すると今度は、それは女性1人でできるのかと質問された。相談する相手はいないし、協力してくれる人もいない。1人でやらなければならない。火事場の馬鹿力と同じでやり通す。女性に多い犯行だと解説した。

説明を終えて控室へ戻ると、プロデューサーが飛んできて、「先生宛に全国からたくさん電話が入っています」と言うのである。「え！　差別用語でも使いましたか。お叱りの電話ですか？」と聞くと、「いや、違いますよ」という返答。午後のワイドショーだったので、電話の大半は主婦である。「ほかの人と違い、上野先生の解説は分かりやすく、納得のいく解説だ。明日も出演させよ」と言うのである。驚きであったが、考えてみれば、教科書から得た知識の解説と、実務体験を踏まえての解説の違いであろうと思えた。

それから10日後、推定通り、容疑者として女性が捕まった。近年、バラバラ事件は多発している。しかし残忍、怨恨、変質者の仕業ではない。運びやすくするための保身の心理による行動なのである。

轢断《れきだん》事件（下山事件）

列車による轢断事件で有名なのは、戦後の混乱期だった昭和24（1949）年7月6日に発生した下山国鉄総裁事件である。

常磐線綾瀬駅付近の下り軌道内で、飛び込み自殺があった。自殺の名所と言われた場所でもある。スコールのような雨が降っていたが、その夜宿直していた監察医が呼ばれて、現場へ急行した。明け方には、雨は止んでいた。

全身挫滅《ざめつ》状態だったが、上衣のポケットから下山国鉄総裁の名刺が出てきて、大騒ぎになった。当時の社会情勢として、国鉄は敗戦のため大勢の職員が台湾、樺太、朝鮮、中国の満州地方などから帰国してきたために、過剰な職員の首切りをせざるを得なくなったが、組合が反発してゼネラルストライキになるなど、国内は混乱していた。下山総裁は、なかなか首切りができず、悩み疲れ果てていた矢先の事件である。社会情勢から見て、自殺でも他殺でもおかしくない状況であった。

監察医は自殺と判断し、検死を終えたが、警察は大学で司法解剖をすることにした。結果は、遺体の轢断部に出血などの生活反応はない。また現場の血液量が少ないなどから、死後の轢断と診断した。つまり、別の場所で殺され、軌道内に遺体を放置し、飛び込み自殺に偽装した疑いがあるというのである。

ところが別の大学では、轢断のような瞬間死には、生活反応がなくてもよいし、出血量も少ないということもある。しかも豪雨で血液は洗い流されたとも考えられるので、死後轢断の他殺死体とは言えないと、反対意見が出て、日本中は大騒ぎになった。しかし両大学の見解に決定的証拠はなく、論争は続いた。現代のように血痕からDNA鑑定ができる時代ではなかったので、真相は解明されないまま長引いていた。

当時、日本はアメリカ軍の占領下にあり、翌年朝鮮戦争が勃発したので、米軍はこの事件を自殺として終結させ、朝鮮戦争に出向いたのであった。しかし謎の多い事件であったので、小説にもなった。

最近、都内では列車への飛び込み自殺は多発しているが、死後の轢断は皆無である。

墜転落

高所からの墜転落死には、不慮の事故（災害）、自殺、他殺など、3つのパターンがある。落下着地の損傷を精査すると、自他殺、事故の区別がある程度分かるので、損傷の精査は重要である。

❶不慮の事故

工事現場などで誤って落下する場合がある。足場から上半身が外れ気味になるので、上肢をもがくように姿勢を元に戻そうとするが、修復できずバランスを崩しながら墜落する。頭部が先（下）になり、足は最後まで足場に留めようとするから、ちょうど逆立ち状態の姿勢で、頭から着地することが多い（図20参照）。

あるいは、片足を先に落下着地する場合もあるだろう。

いずれにせよ打撲傷や骨折の部位などを詳細に観察した結果、着地時の姿勢が分かれば、逆に高所での墜落時の姿勢がどのようであったのか、推定することが可能になる。

図20
自殺、他殺、事故それぞれの墜転落着地時の姿勢

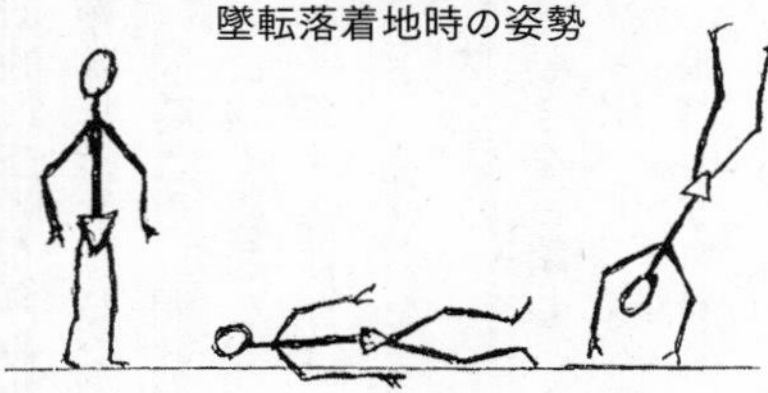

自殺　他殺　事故

❷自殺の場合

両足を揃えて高所から飛び降りるので、ほぼ直立姿勢で着地する。2階（3メートル）から飛び降り自殺をする人はいない。確実に死ねるように、少なくとも5階以上から飛び降りる。また、建物を背に飛び降りる人は多いが、高所に恐怖を感じている人は、外に背を向け、体を建物に向けて飛び降りている。

定型的飛び降り自殺を図21に示すと、ほぼ垂直に着地するので、①足部の骨折②両大腿骨頸部骨折を生じながら尻もちをつくため、③骨盤骨折、④尾骨骨折、⑤腰椎骨折を生じ、同時に重い頭部が前方に強く屈曲して、⑥頸椎《けいつい》骨折（頸髄《けいずい》損傷）しながら上半身は前方に強く屈曲し、前方に伸展した自身の両下肢（大腿部《だいたいぶ》前面）に胸部を強打するため、⑦多発性肋骨骨折、⑧胸骨骨折を形成する。次の瞬間、前方に強く屈曲（エビ状に屈曲）した上半身は、反動であおられ後方へ振られて、⑨仰臥位《ぎょうがい》の姿勢になり、着地は瞬時に終了する。

その動きを目撃した人はいないので、多発性肋骨骨折があるのは、墜落外傷と無縁な損傷だと思って、殺人事件ではないかと大騒ぎになることもある。しかし、この骨折は多くの飛び降り自殺例に見られ、またダミーを使った実験でも、多発性肋骨骨折（⑦）のメカニズムが証明できている。この損傷は自殺の定型的損傷とも言えるものである。

❸他殺の場合

建物の高所には、たいてい墜落防止のため、胸の高さくらいに壁や手すりなどが造られている。したがって簡単に他人を墜落させることはできない。抗拒不能（泥酔、昏睡など）状態にして投棄したり、飛び降り自殺などに偽装する。

しかし着地外傷は、手すりなどを越えさせるために横位になることが多い。自殺のように足から着地させようとしても、意識不明の人は筋肉に力が入っていないから、ぐに

図21　定型的飛び降り自殺における墜転落の経過と損傷

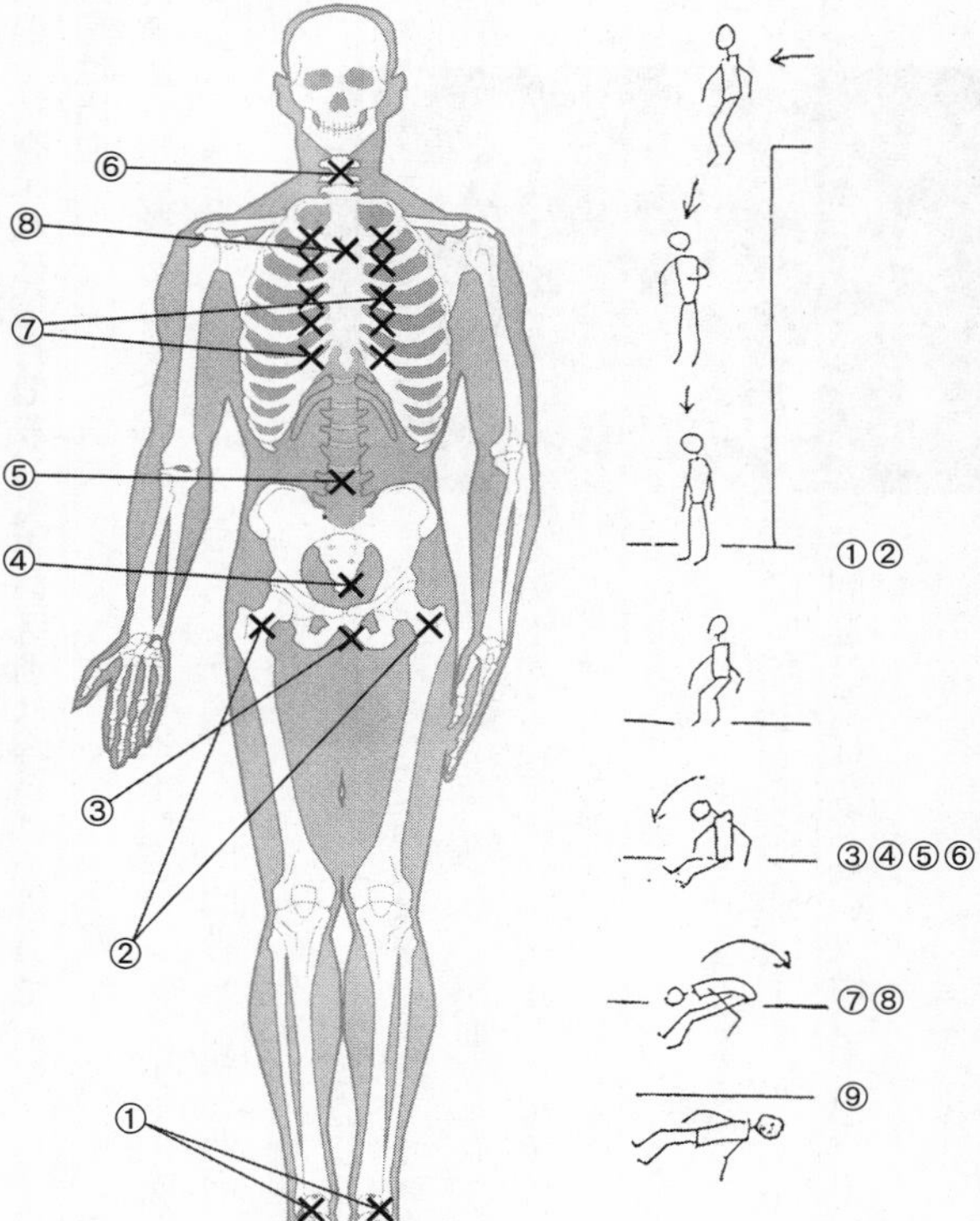

①足部(足関節・踵骨)骨折　④尾骨骨折　⑦多発性肋骨骨折
②両大腿骨頸部骨折　⑤腰椎骨折(腰髄損傷)　⑧胸骨骨折
③骨盤骨折　⑥頸椎骨折(頸髄損傷)　⑨仰臥位の姿勢

やぐにゃで、自殺特有の損傷にはなっていない。

損傷を精査すれば、自他殺、災害の区別は容易につくのである。

❹辺縁性《へんえんせい》出血

高所から墜転落した場合、例えば下肢が平坦で堅いコンクリート床面などに叩きつけられる（ちょうど柔道の受け身の姿勢のように）と、大腿骨《だいたいこつ》や下腿骨《かたいこつ》背面などが床面に強く圧迫され、毛細血管内の血液は圧のかからない骨の辺縁に排除されるので、圧迫部は蒼白になる。

排除された血液は圧のかかっていない骨の辺縁に押しやられて、そこに出血を起こす。そのために骨の形が蒼白で、骨の辺縁が赤褐色《せっかっしょく》の皮下出血になって、骨が浮き彫りになって見える。これが辺縁性出血である。

擦過傷《さっかしょう》（擦過された骨のある部位に表皮剥脱、皮下出血を生ずる。骨の辺縁は異常なく蒼白である）と見間違ってはならない（図22参照）。

図22　辺縁性出血

コンクリート路面などに叩きつけられたときなど、墜落した際に見られる

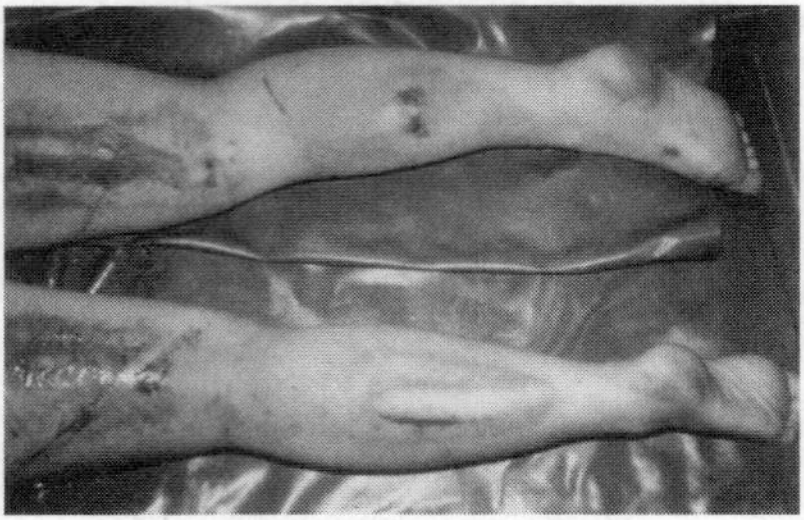

第14講

頭部への衝撃が本当に怖い理由（損傷篇・その3）

脳に衝撃が加わると、その場所に脳挫傷が出現するが、転倒や墜落のように、加速度が加わった状態で頭部に受傷した場合、衝撃を受けた側とは反対側に脳挫傷が生じることがある。これは、解剖してみないと分からない。

頭部に生じる出血、打撲、骨折

❶脳震盪《のうしんとう》

頭部に外力が加わりその衝撃によって、脳挫傷などの器質的変化を起こすことなく、機能的変化を生じた場合、3大症状として意識消失、嘔吐《おうと》、徐脈《じょみゃく》が出現する。この状態を脳震盪と言っている。

脳震盪を起こすと、脳は膨張し、頭蓋《ずがい》内圧は上昇して脳の血行障害が生ずる結果、3大症状が出現するのである。しかし、脳の器質的な損傷はなく、一過性の機能的変化なので、やがて回復してくる。

図23　頭蓋骨と脳（左）、頭部断面（頭皮・頭蓋骨・脳）の構造（右）

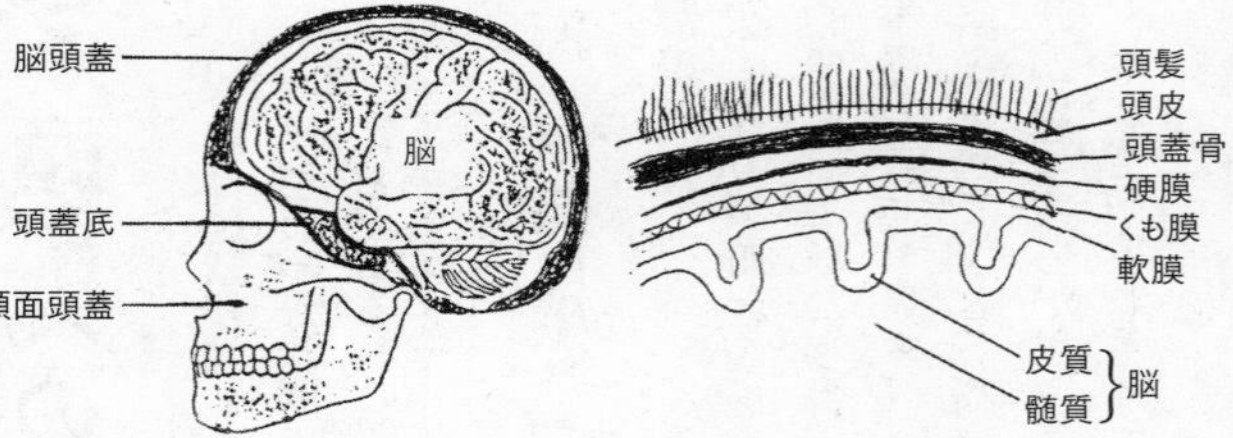

❷頭蓋骨骨折

頭蓋骨骨折は様々な形状を示す。これについて記述すると、以下のようになる。

Ⅰ　亀裂骨折

瀬戸物の茶碗《ちゃわん》にひびが入ったような骨折を言う。

Ⅱ　縫合離開

頭蓋骨の上半分はヘルメット状になっている。この部分を頭《ず》蓋冠《がいかん》といい、ここは4つの骨がギザギザに噛み合ってできている。

この縫合が、頭部打撲などの外力によってゆるむ場合を縫合離開と言っている。

Ⅲ　陥没骨折

頭蓋骨がひび割れ状態になって陥没した場合で、骨折部が離開していない状態である。

Ⅳ　粉砕骨折

骨が粉々に骨折した状態で、外力作用が強度である場合に生ずる。当然、脳も挫傷、あるいは挫滅状態になる

（図23参照）。

Ｖ　頭蓋底骨折

　頭蓋骨は脳を入れる脳頭蓋と、顔面を形成する顔面頭蓋に分けられる。その両方を頭蓋内で上下に分けている境界の骨の部位を頭《ず》蓋底《がいてい》と言っている（図24参照）。

　脳は頭蓋底の上に乗っている。

　頭蓋底の眼窩《がんか》上面の骨は極めて薄い骨で、頭部に強い外力が加わり、球形の頭蓋骨が歪《ゆが》むと、頭蓋底の薄い骨にひび割れ状の亀裂骨折を生ずることがある。

　これが頭蓋底骨折であり、外力が直接頭蓋底に作用したわけではない。

　その際、脳挫傷を伴うと、頭蓋内に出血した血液は、頭蓋底の骨折部から口腔内に流れて鼻や口から血液が流れ出る。

　この時に意識不明で仰臥位《ぎょうがい》のまま放置されると、口腔内に流れ出た血液が気管に吸い込まれ、気道閉塞《へいそく》すると死の危険がある。顔を横向きにするなど、気道内の血液排除に努める必要がある。

　また、眼瞼《がんけん》（眼窩）が青藍色《せいらんしょく》に変色していることがある。

　これは頭蓋底骨折を伴う脳挫傷の際に見られる所見で、頭蓋内の出血が、骨折部から、眼球を入れている眼窩の骨と眼球の間の狭い部分に吸い込まれるように流入し、眼瞼が青藍色に見えてくる。

これをブラックアイ（俗にパンダマーク）といい、頭蓋底骨折の存在を示す所見である。眼窩部殴打などの直達外力による皮下出血と区別しなければならない。

❸脳挫傷及び硬膜外出血、硬膜下出血

Ⅰ　脳挫傷

頭部に外力が加わり脳挫傷をきたすと、その出血は、脳の表面を取り囲む、くも膜下に波及し、外傷性くも膜下出血となる。

これは、脳挫傷部に限局した出血である。

Ⅱ　硬膜外出血

頭部に外力が加わり中硬膜動脈、後硬膜動脈が破綻《はたん》し、また、骨折部からの出血も加わって、頭蓋骨と硬膜の間に出現するのが硬膜外出血である。

Ⅲ　硬膜下出血

頭部に外力が加わり硬膜の下に出血すれば硬膜下出血と言い、脳挫傷からの出血に加え硬膜と軟膜の間を結ぶ橋静脈が断裂して、硬膜下出血となる場合もある。

Ⅱの硬膜外出血と、この硬膜下出血は、ともに頭蓋骨と脳の間に血腫を作り、その血腫の量が多くなると、その量だけ脳を圧迫し死の危険が高まる（図25参照）。

外力作用が大きいと、硬膜外出血と硬膜下出血が同時に起こることもある。

図24　頭蓋底の構造

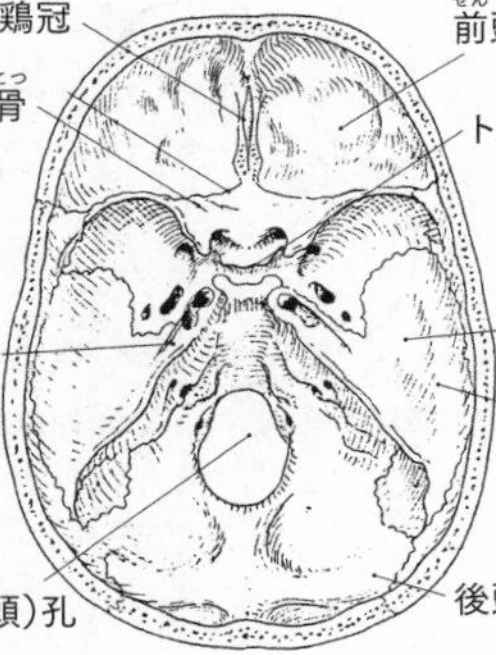

図25　頭蓋内血腫（硬膜外血腫・硬膜下血腫）の量と時間

症状	血腫の量（グラム）	受傷後血腫の貯溜する時間（時間）	血腫の区別
意識清明期（ふらつき歩行）	50	1〜2	硬膜外血腫 硬膜下血腫
昏睡状態	70〜80	4〜5	硬膜外血腫 硬膜下血腫
死の危険	150〜200	6	硬膜下血腫
		12	硬膜外血腫

図26　受傷した部位の反対側に生ずる対側打撃

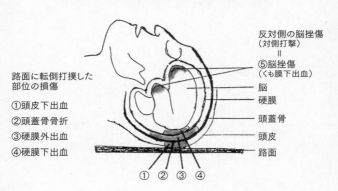

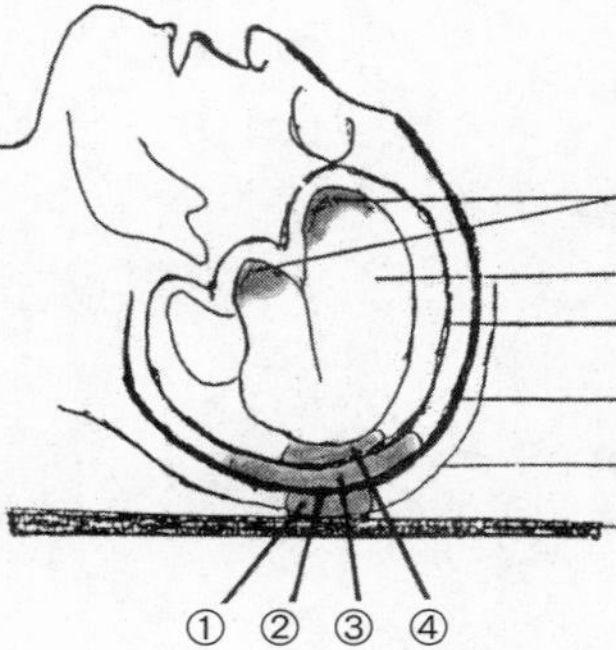

Ⅳ　意識清明期　(lucid interval)

硬膜外出血、あるいは硬膜下出血が頭蓋内で50グラム貯溜するまでに1、2時間を要するが、その間、受傷者はほぼ正常に行動することができる。

この時間帯を意識清明期と言っている。

この意識清明期に、受傷者が受傷現場から遠く離れた場所に移動し、実態を知らない人々の中で倒れたり、意識不明になったりするので、ミステリー含みの事件に発展することがある。

❹対側打撃　(contrecoup)

頭部が自由に動き得る状態で頭部に外力が作用（打撲など）すると、外力が作用した部位に頭皮下出血、頭蓋骨骨折、脳挫傷などが集中的に出現する。

ところが、転倒や墜落などのように、頭部

に加速度が加わった状態で受傷した時、外力が作用した反対側に脳挫傷を生ずることがある。

これを対側打撃と言っている(図26参照)。

路上に転倒し後頭部を強く打撲すると、その部位に、①頭皮下出血、②頭蓋骨骨折を生じ、頭蓋内には、③硬膜外出血、あるいは④硬膜下出血を形成する。

次の瞬間、頭蓋内の脳は、脳脊髄液の中に浮かんだ状態にあるので、反動で前方に強く移動し、自身の頭蓋骨の内側に脳の前頭葉をぶつけて、そこに⑤脳挫傷と、くも膜下出血を形成する。

これが対側打撃である。転倒や墜転落に見られる特徴的所見である。棒などによる単なる殴打外傷と区別することができる。

謎は解けたが……

会社の帰り、同僚と居酒屋で飲酒。9時頃店を出て間もなく、雑踏の中で、すれ違いざま他人とぶつかり、路上に転倒した。

後頭部を打撲し「痛い」と言いながらも立ち上がるが、その時にはぶつかった人の姿はない。同僚と別れて電車に乗り、ほろ酔い気分で10時過ぎには帰宅した。

妻は、ふらついて酒臭い夫に「ずいぶん飲んだのね。布団が敷いてあるからすぐ寝なさい」と言い、布団に寝かされた。

朝になっても夫は起きてこない。いびきをかいて眠っている。様子がおかしいので救急車を呼んで入院させた。しかし、夫は意識不明のまま、昼前には死亡してしまった。

ドクターは脳出血（病死）と判断した。しかし妻は、夫は働き盛りで会社の定期健康診断で異常なしと言われ、血圧も高くない。ドクターの診断に納得できなかった。詳しく調べてほしいと言われ、ドクターは「それでは死因不詳として警察に届けましょう」と言った。東京都内は監察医制度があり、行政解剖して調べてくれることを知っていたからである。

解剖の結果、後頭部に頭皮下の出血があり、右側頭部から右前頭部にかけて頭蓋骨に亀裂骨折があって、硬膜外出血（血腫170グラム）が認められた。

病的な脳出血ではない。頭蓋骨骨折を伴う外傷性硬膜外血腫が死因であった。左右の前頭葉に軽度の対側打撃の所見もあり、転倒外傷であることが分かった。

警察は昨夜の足取りを調べて、同僚と奥さんの話を照合すると、昨夜、飲酒後、雑踏の中で人とぶつかり、路上に転倒したことが分かった。

その時点で転倒外傷時に生ずる硬膜外（下）出血のメカニズムに気付く医師は少ない。

しかし硬膜外（下）出血の経過を医学的に遡《さかのぼ》って考えると、受傷から1、2時間は血腫は50グラム以内なので（図25参照）、意識清明期に相当するから、電車に乗り、帰宅することができた。

ふらつき歩行になったのは、血腫が50グラム以上に貯溜していたためであろう。

その後、就床し5、6時間経って明け方になれば、出血量は80〜100グラムに増大し、昏睡状態になる。

昼近くなると、受傷から14時間も経過しているから、血腫は170グラムを越え、血腫によって脳は圧迫され死に至ったと考えられる。

昨夜のうちに詳しい検査をし、血腫が70〜80グラムくらいの時に開頭手術をすることができていれば助かったであろうが、当時は検査器具が十分とは言えず、また開頭手術のできるドクターの手配がなければ手術はできない。結局、残念な結果になってしまった。

この事案は、受傷場所と異常発見場所が、距離的にも時間的にも離れすぎて、分かりにくかった。

しかし、解剖することによって複雑な経過は、脳挫傷の意識清明期であることが分かって、謎は解けたが、ぶつかった相手にはたどり着けなかったのである。

❺病的くも膜下出血と外傷性くも膜下出血の違い

くも膜下出血には、病的なものと外傷性によるものとがある。

脳に分布する血管は、内頸動脈《ないけいどうみゃく》と椎骨動脈《ついこつどうみゃく》で、脳底部でくも膜下に入り合流して大動脈輪をつくり、脳表面を取り囲むように分布しながら、血管は脳の内部に入り脳に栄養を送っている。

I 病的くも膜下出血

大動脈輪の血流は、川の流れのようにスムーズにY字状に分岐するのではなく、T字状に無理な流れをしているので、直進する血流がぶつかって左右に分かれるため、ぶつかるT字状の血管壁には小さい風船のようなふくらみ（瘤《こぶ》）を形成することがある。血管壁の弾力を越えて膨らむと、突然、瘤が破れて、くも膜下出血を起こす。出血の範囲が脳底部全般に及ぶと急死することになる。

したがって、病的くも膜下出血の解剖時には、脳動脈輪のどこかに動脈瘤《どうみゃくりゅう》の破裂があるので、それを発見する必要がある。

しかし、発見しにくい場合もある（図27参照）。

II 外傷性くも膜下出血

頭部外傷によって脳挫傷を生ずると、脳の表面に分布する血管も破綻し、そこにくも膜下出血を形成する。それが外傷性くも膜下出血である。

病的くも膜下出血は脳動脈輪の動脈瘤破綻による出血で、脳底部の出血が主となるが、外傷性くも膜下出血は動脈瘤とは無縁で、外力の加わった部位からの出血で脳挫傷部周辺の出血である。

病的出血と外傷性出血を誤ってはならない。

路上転倒は病的発作か交通事故か

老女が路上に倒れ、意識不明になっていた。早朝のことで目撃者はいないが、通報を

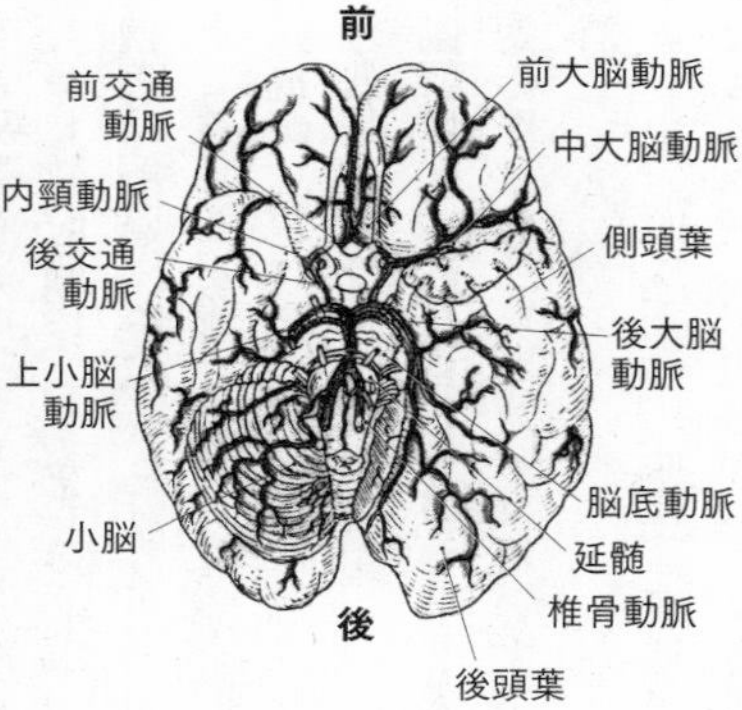

図27　脳底の動脈（上）、大脳動脈輪（下）

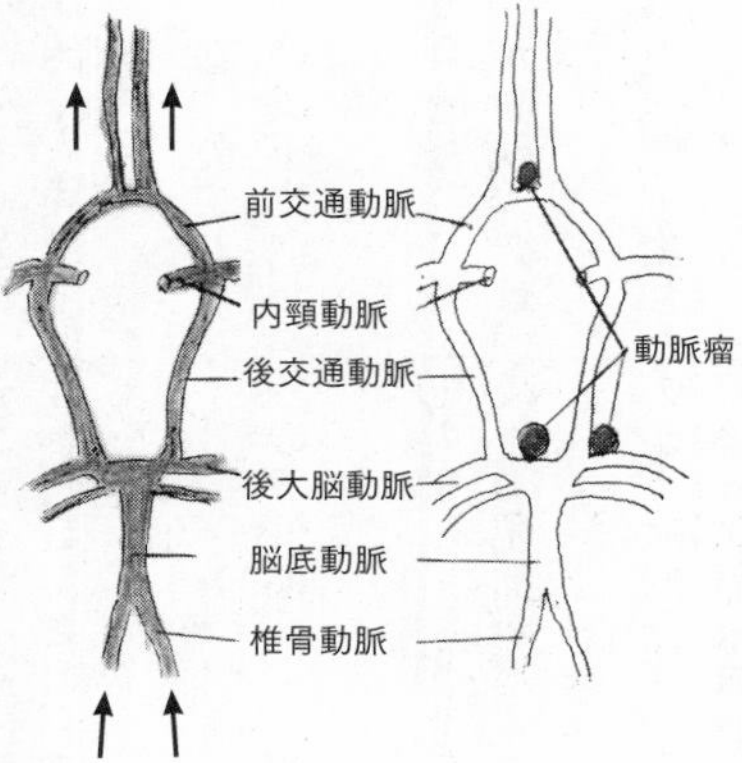

受けた県警は、交通事故とも思われたので、ひき逃げの緊急配備態勢を取った。

しかし数時間後、収容先の病院の主治医が病的くも膜下出血と診断したため、ひき逃げ捜査は解除された。

ところが2日後、老女は意識を回復することなく死亡した。

県警が念のため大学で司法解剖したところ、頭皮下出血があるので外傷性くも膜下出血と判断された。

県警はどっちが正しいのか、2人の医師の意見を聴くことにした。

臨床医は病死に間違いはないと主張した。しかし執刀医は頭皮下の出血があるので外傷性だと言う。

そこで、頭皮下の出血は、交通事故による路上転倒で生じたのか、病的発作が先行したために転倒して生じたのか、その区別について尋ねると、執刀医は「臨床医の言うように、歩行中にくも膜下出血の発作を起こして路上に転倒したために、頭皮下の出血を生じたものであっても矛盾はない」と、臨床医の診断に迎合したのである。

この事件の相談を受け、参考資料を見て私は驚いた。執刀医は病的発作か交通事故かの区別をするために解剖し、交通外傷と判断したのに、問い詰められて見解を変えたのである。

法医学者である執刀医は臨床医と違い、解剖して出血部を肉眼で見て外傷性であると診断しているのである。

しかし、脳底動脈瘤があったのかなかったのかの記載はない。動脈瘤破綻による病的くも膜下出血の解剖経験のないドクターだったのかもしれない。

それにしても、膝と足の擦過《さっか》打撲傷は路面との擦過で生じたので、交通事故の可能性は大なのだが、説明はない。

病的発作で路上に転倒した場合には打撲傷はあるが、大きな擦過傷は生じないのが一般的である。

しかし、県警は、執刀医も臨床医の診断に同調したので、この件は交通事故ではなく、病的くも膜下出血と判断し終結していたのである。

ご遺族から相談を受け、意見書を書いたが時すでに遅く、すべては病的くも膜下出血として終わっていたのであった。

間違いは正されることなく終わってしまった。

大きな矛盾を感じながら、時の流れに流されていく。やるせなくみすぼらしい自分を感じた。

❻内因性（病的）脳出血と外傷性脳挫傷の違い

内因性（病的）脳出血は、脳の実質、つまり髄質《ずいしつ》の出血である。

外傷性の脳出血（脳挫傷）は脳の外側からの外力が原因であるから、脳の皮質に損傷

図28　内因性（病的）脳出血と外傷性脳出血の違い

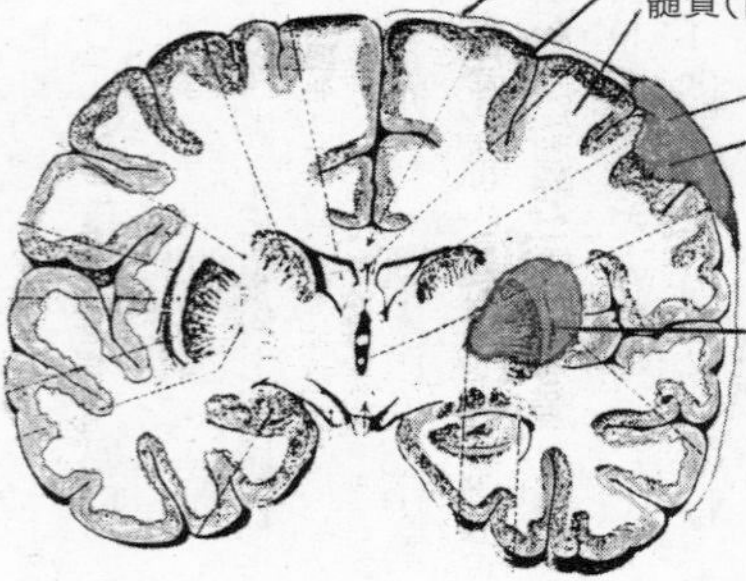

を生じ、表在性（皮質）の脳挫傷とその部分に、くも膜下出血を形成する（図28参照）。

つまり、外力は脳の皮質から髄質へと波及していくので、脳を饅頭《まんじゅう》に例えれば、皮の損傷は外傷性、あんこの損傷だけの場合は内因性（病的）と考えられるので、区別はつくのである。

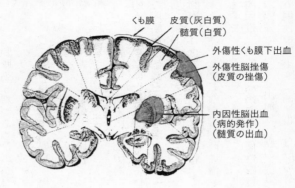

第15講 外傷《キズ》を見れば事件が分かる（交通外傷篇・その1）

車がコンクリート塀に激突した。死んだ運転者は、「最近、ブレーキの効きが甘い」とぼやいていた。事故原因と死因を調べるために解剖すると、左脳の脳幹部に出血があったのだが……。交通事故にまつわる運転者と歩行者の外傷を整理する。

歩行者損傷

歩行者と普通乗用自動車の事故について述べると、次のような順で、損傷するケースが多い。

❶バンパー骨折

歩行者が道路横断中に、右側方向から進行してきた車と衝突し、受傷した場合、運転者は慌ててブレーキを掛けるので、車は前のめりに低位になって、歩行者の下腿部の低い位置に衝突するため、バンパー骨折を生ずる。

ノーブレーキであれば、車は浮き気味に走行するので、歩行者のバンパー骨折は下腿部の高い位置に形成される。

その時、歩行者の右下肢が地に着き、左下肢は宙に浮いていればバンパー骨折は右下腿部に生じ、左下腿部に骨折はない。

バンパー骨折を精査すれば、衝突時の様相が見えてくる。

❷ボンネット損傷

右腰部がボンネットの前部に当たり打撲傷を形成し、体は右側面を下にしてボンネット上にすくい上げられる。

さらに右側頭部はフロントガラスに強打し、頭部損傷を生ずる。ボンネットは陥没し、フロントガラスは破損するなどの痕跡を形成する。頭部打撲で意識を失う場合が多い。

❸ボンネットから振り落とされる

被害者がボンネットの上に乗り上げるので、運転者は慌てて急ブレーキをかけるため、次の瞬間ボンネット上の被害者は、急停車した車から振り落とされ、反転しながら左側面を下にして車の進行方向の前方の道路上に落下する。

その際、左側頭部をコンクリート路面に強打し、頭蓋骨骨折、脳挫傷を生じ、致命傷になることが多い。

また、着衣に覆われていない顔面や手などに、路面による擦過《さっか》打撲傷を形成する。これを見落としてはならない。墜落死との区別に役立つことがある。

❹タイヤマーク

車両にはねられ路上に転倒し、その直後に車両に轢過《れきか》されると、着衣、身体にタイヤ痕（タイヤマーク）が形成される。はねられた外傷の上に轢過外傷が加わるので、その区別も重要である。

着衣のタイヤマークは、タイヤの凸面の印象であるが、人体のタイヤマークは凹面と凸面の印象があるので、注意深く観察する必要がある。

また、はねられて車両の軌道外に転倒し、轢過されずに死亡する場合、致命傷は衝突外傷か転倒外傷かを区別しなければならない。

図29
タイヤが左横側から大腿部に乗り上げた際の剥皮創

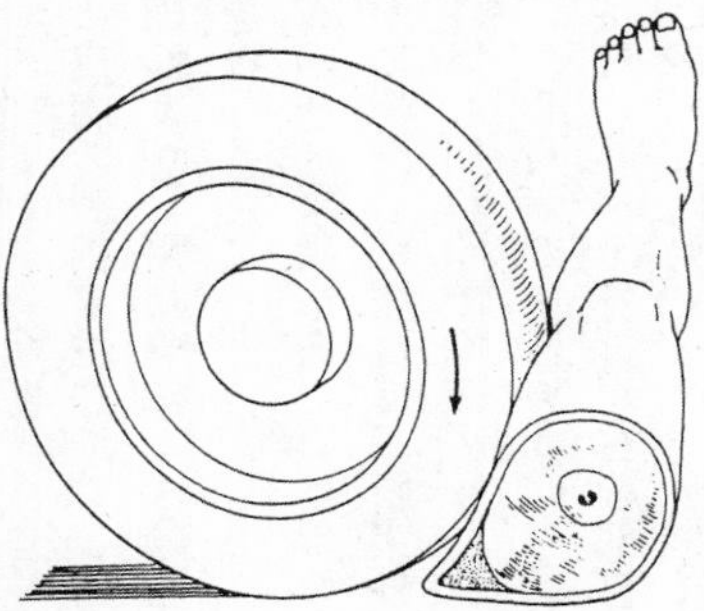

出典：Ponsoldより

❺剥皮創（décollement）

例えば、タイヤが大腿部を横側から直角に乗り上げ轢過する場合、タイヤは皮膚を巻き込むように引き寄せながら大腿部に乗り上がる。その際、皮下組織と筋膜などの結合が離断して、そこに血液やリンパ液などが溜まった状態を剥皮創（デコルマン）（図29参照）と言っている。

さらに皮膚の裂創《れっそう》を生じている場合もある。車両の速度が遅い場合に多く見られ、また非駆動輪よりも駆動輪による轢過に顕著にみられる。

❻ひき逃げ

歩行者が普通乗用車あるいはボンネットのないワンボックスカーなどに接触し、いきなり路面に転倒した場合は、衝突外傷に加え転倒外傷が形成される。さらに轢過されれば轢過外傷も加わってくる。

例えば、歩行者が右側方向から進行してきた車両と接触したとすれば、衝突外傷は右側面を主にバンパー骨折、右腰部打撲、右側頭部打撲などを生ずる。

さらに路上に転倒すれば、転倒外傷として着衣に被われていない左顔面や手などに擦過打撲傷を生じ、左側頭部を路面に強打しこれが致命傷になる場合が多い。その直後に轢過されれば、轢過外傷が加わり組織の圧挫や骨折などが形成される。そのため衝突外傷、転倒外傷、轢過外傷の区別をしなければならない。

ひき逃げ事件は死体所見の詳細な観察のほか、着衣に車両の塗料の付着があったり、タイヤマークがあるなどの検索も必要である。また、現場のブレーキ痕を始め、車両の破損した部品の散乱などもあり、鑑識活動は重要である。

運転者、同乗者の損傷

❶運転者の外傷

運転中、スピードの出し過ぎやハンドル操作の誤りなどから、前車に追突するとか、カーブを回り損ね、崖から転落するなどがある。シートベルトの使用により受傷を和らげ、さらにエアーバッグが開くので、外力は吸収され損傷は減少するが、死亡例は少なくない。

エアーバッグがないと運転者はハンドルに前胸部を強打し、心臓や肺の損傷を生じ、致命傷を負うことがある。

❷同乗者の外傷

助手席の同乗者は膝《ひざ》・脛《すね》などがダッシュボードにぶつかり、骨折するなどの損傷を形成する。

❸ムチ打ち外傷

追突された際などにムチ打ち損傷を生ずることがある。これは頭部が前後に振られ、頸部《けいぶ》が過屈曲、過伸展して頸椎の靱帯《じんたい》、関節の捻挫などを生ずる。強く起こると頸椎の脱臼、骨折を形成し、さらに頸髄《けいずい》損傷を起こすと、呼吸麻痺《まひ》で死亡することもある。

❹飲酒運転

酒気帯び運転として、呼気1リットル中0・15ミリグラム以上は違法とされている。その他違法薬物摂取による運転や、認知症患者による運転事故もあるので、これらの予防撲滅に努力しなければならない。

運転者が危険を感じて急停車する際、ブレーキを踏んでから車が停車するまでの距離は、おおよそであるが、時速40キロメートルの場合では4^2（＝16）メートル、50キロメートルで5^2（＝25）メートル、60キロメートルで6^2（＝36）メートルと言われている。

運転中の病的発作

運転中の事故には不注意運転、居眠り運転あるいは飲酒運転、薬物使用後の運転など様々あるが、病的発作による事故も少なくない。

一例を挙げると、運転中助手席の同乗者に「この車、ブレーキの効きがあまくなった」と話し掛けていたが、しばらくして自宅近くのT字路に差し掛かり、右折するところを直進して、コンクリート塀に突き当たって車は止まった。

同乗者は頭部打撲の軽傷であったが、運転者は胸を打ったのか、ハンドルにもたれかかって、ぐったりしていた。

「大丈夫か」と声を掛けたが返事がない。意識不明のまま入院した。前胸部中央にハンドル損傷と思われる打撲傷があったが、意識回復することなく、その日のうちに死亡してしまった。

事故の原因、死因がはっきりしないので監察医務院で行政解剖したところ、胸部のハンドル損傷は軽度の皮下出血だけだった。しかし左脳の脳幹部に出血があり、これが死因であった。

ブレーキの効きが悪くなったと言ったのは、この左脳に出血が起こって、右足を動かす神経が麻痺してブレーキを踏む力が弱くなっていたためであった。病的発作が交通事故の引き金になったのである。

そのほか、くも膜下出血、剝離性大動脈瘤の破裂など、発作による交通事故もある。

第16講 墜落外傷と交通外傷は似ている（交通外傷篇・その2）

ビルの谷間で見つかった男性の死体は、飛び降り自殺と推定された。しかし、身体の右側と左側に打撲傷や骨折、頭部頭皮下出血、そして左腕や左足に擦過傷……明らかに交通事故の損傷だった。受傷現場と死体発見場所が一致しないのはなぜか。

墜落外傷は、着地時の姿勢にもよるが、身体の両面に外傷はなく、擦過傷《さつかしょう》もないのが一般的である。

ところが交通外傷は、衝突外傷のほか、その反対側に路上に転倒した擦過打撲傷が形成されている。その違いは明らかである。

2つの事例を紹介しよう。

ひき逃げ事件

検死をするため、病院の霊安室で警察官らと待ち合わせたが、警察官の到着が遅れていた。その間、私は死亡者の息子さんから、状況を伺うことにした。

ひき逃げされたというが、警察官はいないし、騒ぎも起きていない。おかしいと思いながら、いつ、どこでと聞き出したが、返事はうやむやである。

そうしているうちに警察官らが到着した。交通課扱いなのに、なぜか私服の刑事である。

なぜ、刑事さんが来られたのかと質すと、「被害者は自宅近くの路上で倒れているとの通報なので一応刑事課が担当することになり、現場を見てからここへ来ました」。通報を受けて間もないので、捜査はこれからだという。

「分かりました。それでは始めましょう」と、死体を診ると、右側頭部打撲傷、鼻口部から少量の血液が流れ出ている。

右胸部の多発性肋骨骨折、右骨盤骨折、右大腿骨骨折、右前腕部骨折と、右側に損傷が集中している。

高齢の女性だから骨粗鬆症《こつそしょうしょう》でもあるのだろう、骨折が顕著である。

しかし着衣に被われていない顔や手に擦過傷はない。外傷は身体の右側に集中している。交通外傷とは違うようだ。

右側を下に着地した墜落を思わせる外傷なので、立会官に耳打ちした。

「そうですか。分かりました、ご遺族の事情聴取はこれからなので」と言い、立会官らは霊安室を出て遺族控室へ向かった。

遺族は、「路上に倒れていたのだから、交通事故だ」と言い張った。しかし相手の車は分からない。目撃者もいない。

警察は、ひき逃げの疑いがあれば、すぐ緊急配備を取らなければならないので、現場へ案内してほしいと遺族に言うが、遺族は「は、はい」と言いながらおどおどしている。

私も、「死亡者は鼻口部から血を漏らしているので、現場の血液飛散状態を見たい」と話に加わった。「急ぐ必要があるので、すぐに」と急かせると、中年の息子が「申し訳ありません」と土下座して立会官に謝り始めた。

マンションの5階のベランダから飛び降り自殺をしたと言うのである。しかし、弟妹や親戚から親を粗末にしたと言われたくないために、交通事故に話をすり替えていたのである。

このような事案に時々遭遇することがあるので付け加えると、高齢者の自殺によく見られるパターンと同じである。

自殺事案は変死扱いなので、警察官と一緒に検死に出向く。

別の事案では、同居している息子夫婦におじいちゃんの自殺の動機などを尋ねると、「そうですね」と口ごもりながら「神経病の病苦です」と言うこともあった。だが、死に迫った病気ではない。

高齢者は心身機能の低下に伴い、収入の減少などもあり、家族の重荷になっている。姥《うば》捨て山状態で家族から冷たく疎外されている。しかし、息子夫婦は親不孝だと言われ

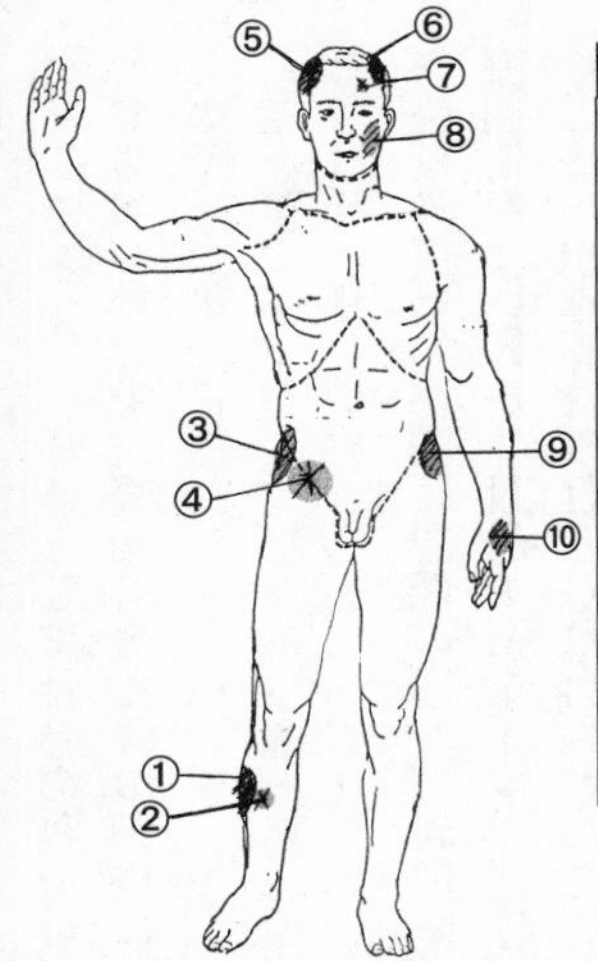

歩行者と車両の衝突外傷

①バンパー損傷（打撲傷）
②バンパー損傷（下腿骨骨折）
③ボンネット損傷（腰部打撲傷）
④ボンネット損傷（骨盤骨折）
⑤フロント損傷（側頭部打撲傷）

車から振り落とされ路面での損傷

⑥ボンネットから転落（側頭部打撲・骨折）
⑦ボンネットから転落（硬膜下出血）
⑧路面との損傷（顔面擦過傷）
⑨路面との損傷（腰部打撲傷）
⑩路面との損傷（手背面擦過傷）

図30-1　歩行者と車両の衝突外傷（上）、定型的飛び降り自殺の損傷（下）

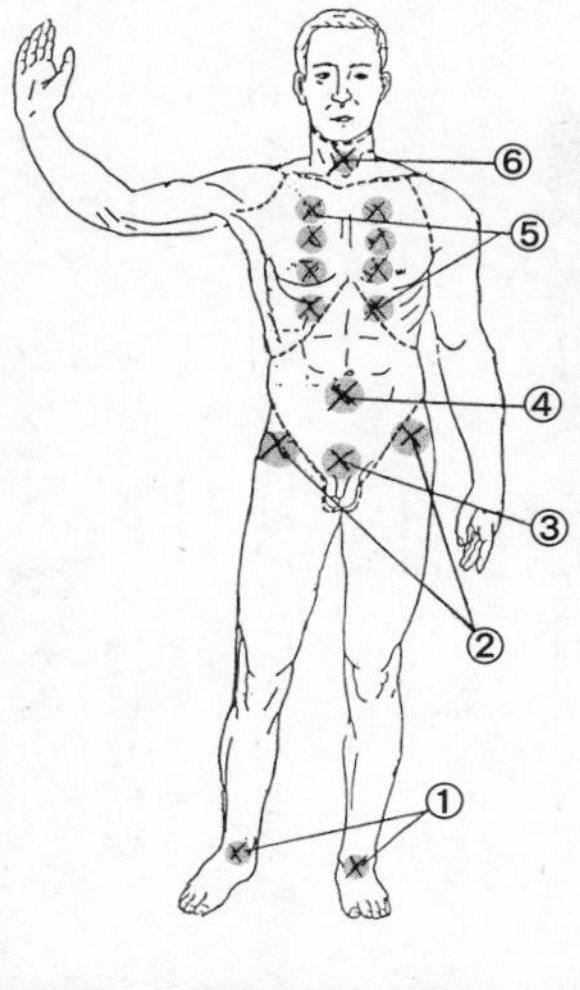

定型的飛び降り自殺の損傷

①足部骨折
②大腿骨頸部骨折
③骨盤骨折
④腰椎骨折
⑤多発性肋骨骨折
⑥頸椎骨折

たくないので、言い訳として都合の良い言葉である「病苦」を持ち出すのである。厚労省の統計上、高齢者の自殺の動機は病苦がトップになっているが、実態は身内からの疎外なのである。

話を戻すが、交通事故と飛び降りの外傷は、図30‐1に示す通り、違いは明らかなので専門家を騙すことはできない。

墜落外傷は第13講に記載の通り、着地時の姿勢にもよるが、身体の両面に外傷はなく、擦過傷もないのが一般的である。

ところが車両に歩行者がはねられた交通外傷は、衝突外傷のほか、その反対側に、路上に転倒した擦過打撲傷が形成されているので、墜落外傷との区別は容易である。

あまりにも身勝手で、親不孝の嘘であった。

ビルの谷間の死体

ビルの谷間で男性の死体が発見された。飛び降り自殺と思われたが、検死すると、身体の右側と左側に打撲傷や骨折があり、さらに左上下肢の外側面に擦過傷がある。状況と死体所見が合致しない。精査の必要ありとして監察医務院で行政解剖をすることになった。

結果をまとめると、

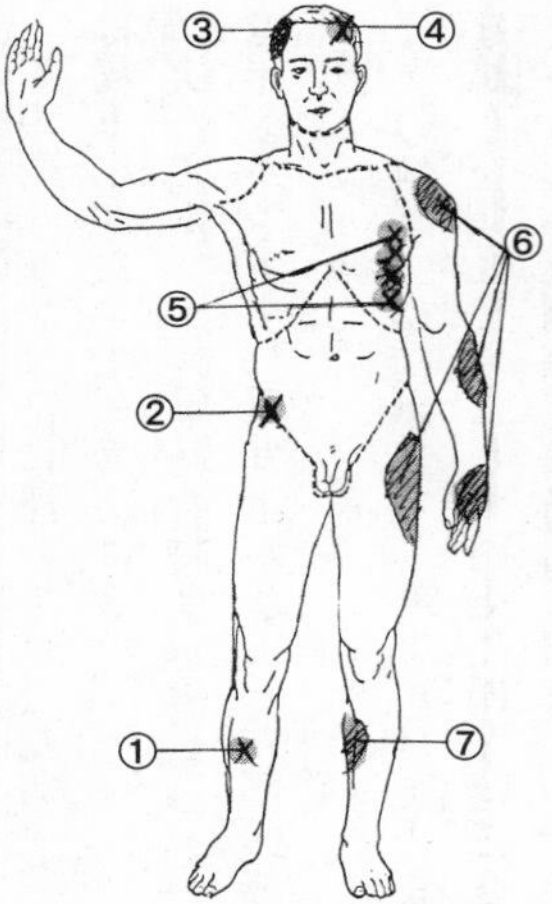

ビルの谷間の死体

飛び降り自殺か

死体の損傷

①右下腿部打撲・骨折
②右腰部腸骨骨折（骨盤骨折）
③右側頭部頭皮下出血
④左側頭部骨折・脳挫傷
⑤左側胸部多発性肋骨骨折
⑥左上下肢外側面の擦過傷
⑦左下腿部内側面皮下出血

図30-2　ビルの谷間で発見された死体の損傷

①右下腿部打撲・骨折
②右腰部腸骨骨折（骨盤骨折）
③右側頭部頭皮下出血
④左側頭部骨折・脳挫傷
⑤左側胸部多発性肋骨骨折
⑥左上下肢外側面の擦過傷
⑦左下腿部内側面皮下出血

などがある（図30-2参照）。

これらの損傷から、受傷状況を考察すると、被害者は道路を横断中、右方向から進行してきた普通乗用自動車と衝突し、身体の右側面に衝突外傷を形成した。

①の右下腿部打撲・骨折はバンパー骨折と思われる。

その際、左足は宙に浮いていたため、バンパーに当たっているが、⑦左下腿部内側面は皮下出血だけで、骨折はない。

次いでボンネットに右腰部が当たって、②右腰部腸骨骨折（骨盤骨折）を生じ、身体はボンネット上に乗り上がって、右側頭部がフロントガラスに当たり、③右側頭部頭皮下出血を形成した。

次の瞬間、車は急ブレーキをかけて止まったので、ボンネット上の被害者は、反転しながら左側面を下にして路上に振り落とされ、④左側頭部骨折、脳挫傷を形成した。

さらに⑤左側胸部を路面に強打し多発性肋骨骨折を生じて、⑥左上下肢外側面を擦過しながら、車の進行方向の前方に投げ出されたものと思われた。

したがって受傷現場は、死体発見場所ではない。

どこからか運ばれ、遺棄されたもので、おかしな事件として、翌日大きく報道された。

この報道を耳にした大学生が警察に連絡した。

参考までにと前置きして、3日前の深夜、試験勉強をしていたら「キーッ、ドスン」という音を聞いたので2階の窓を開けると、人を抱きかかえて後部座席に乗せ、すぐ車を発進させているタクシーを見た。

被害者を救助しているのだろうと思ったので、警察には通報しなかった。ところがニュースを見て、もしかしたらと思い、連絡したというのだ。

それから1週間ほど経って事件は解決した。大学生の通報によって、運転手は逮捕された。

タクシーの運転手は、横断歩道をふらついていた被害者をはねてしまった。すぐ病院へ搬送しようと車に乗せたが、うめき声をあげるので怖くなり、事故現場から数キロメートル先のビルの谷間に、被害者を遺棄したというのであった。

ひき逃げを飛び降り自殺に偽装し、ビルの谷間に被害者を遺棄したとすれば、かなり巧妙な知能犯で許せないが、なんのことはない、行き当たりばったりの犯行であった。

大事なことは、状況から死因を考えると、犯人の思う壺に誘導されてしまう。死因は、あくまでも、死体所見の中にある。状況に捉われず、死体を精査すれば、死体は真相を語り出す。

法医学は人の命は救えないが、人権を擁護し社会の秩序の維持に貢献している。

そんな学問に私はやりがいを感じている。

コラム② 拉致被害者・松木さんの〝骨〟

朝鮮民主主義人民共和国（北朝鮮）による拉致被害者の一人に、松木薫さんという方がいる。新聞報道によれば昭和55（1980）年、スペイン留学中の26歳のときに拉致された。北朝鮮は平成8（1996）年8月、43歳のときに自動車事故で死亡と日本に通報してきた。遺骨は洪水で墓ごと流されたが、遺体は発見されたので火葬して、平成14年8月、平壌市内の共同墓地に安置されたということであった。

その後の交渉で、遺骨は日本へ返還されることになった。火葬されていたので骨は細かく砕かれていたが、その中に歯槽（歯根を入れる顎骨の凹部）の一部と思われる骨片があり、人類学の専門家の鑑定により、上顎左側、犬歯の歯槽の一部であることが判明した。ただ、歯槽の構造は、43歳の中年男性とは思えぬほど華奢で、どう見ても60歳以上の高齢女性の可能性が高かった。ついでDNA鑑定が行われ、松木さんではないとの結論が出されたのである。

なぜ北朝鮮は偽の骨を〝返還〟してきたのだろうか。恐らく火葬に解くヒントがある。つまり、火葬さえすれば骨の細胞は崩壊して、DNA鑑定も不可能になると考えたのではないか。北朝鮮には、日本の火葬場のような1200度以上の高温の焼却炉は存在しない。仮に野焼きしたとすれば、せいぜい200〜300度であるから、骨の表面は焼けても、骨髄組織は無事であり、DNA鑑定が可能なのである。

新聞記事から推測できたのは以上だが、法医学的には極めて幼稚で、表向きを繕った欺瞞のように思えた。人権を重んじない国には、法医学は必要ないのかもしれない。

第17講 銃でどこを撃てば人は死ぬか（銃創篇）

銃弾が頭を貫通すれば誰でも即死、とは限らない。あるスーパーの女性店員は、強盗に撃たれ、銃弾はおでこから後頭部を貫通。さらに強盗は、後頭部から下顎部に向けて銃弾を発射。これは人の殺し方を心得たプロの犯行だったのだ。

銃創

日本は銃の規制が厳しいので、銃器による殺傷事件は少ない。

弾丸による損傷の場合、貫通射創《しやそう》は身体をよぎるので射入口《しやにゆうこう》、射創管、射出口が生ずる。盲管《もうかん》射創は体内に弾丸が止まった場合であり、擦過《さつか》射創は体表を弾丸が擦過した場合をいう。

銃創は、銃器の種類や発射距離などによってその形状は異なるので一様には言えないが、一般論として言えば、次のような特徴がある（図31参照）。

❶接射

射入口は、爆発ガスによって皮膚が破裂し、皮膚に星形の裂創《れつそう》と焼輪を作り、その周

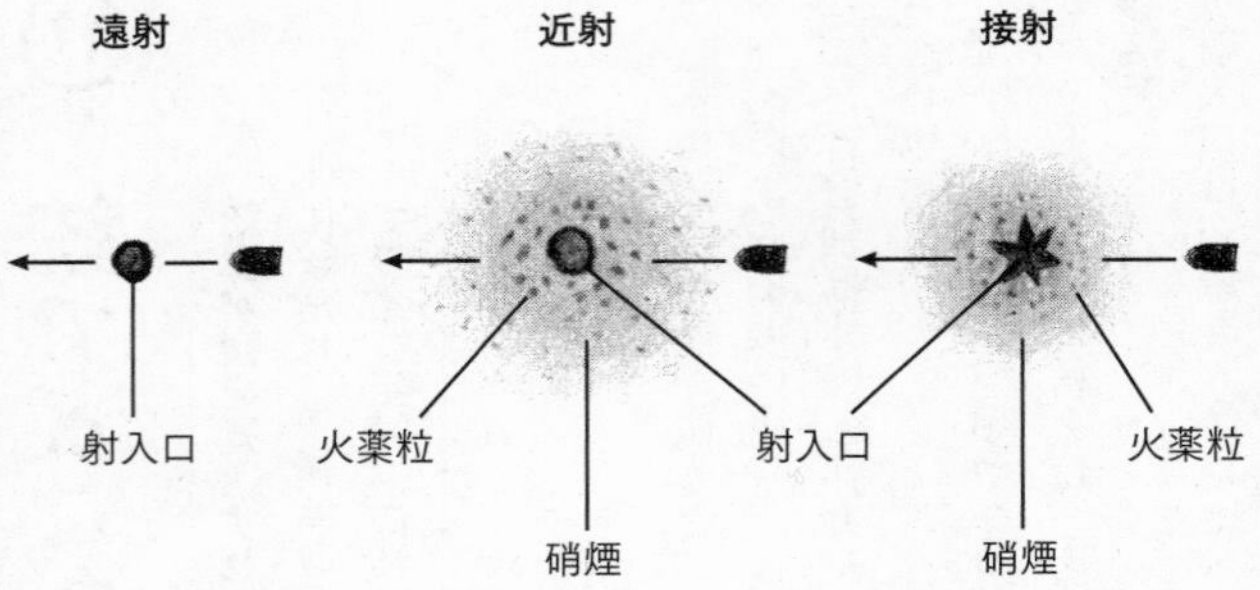

図31　発射距離による銃創の違い

辺に火薬粒、硝煙が付着する。

さらに、着衣にも硝煙が付着し、加害者の手や着衣にも付着する。

❷近射（1メートル以内とする）

射入口は、円形を呈し、接射と同様、火薬粒、硝煙が付着している。

射出口は、弾丸と一緒に骨片などを射出することがあるので、射入口よりも大きく、不整形になる場合が多い。

❸遠射（1メートル以上離れている）

射入口は、円形を呈し、一見、錐《きり》の刺創《しそう》のように見える。

火薬粒や硝煙の付着はない。

❹線条痕（ライフルマーク）

弾丸を直線的に飛行させるために、弾丸には旋回運動が与えられている。

そのため、銃身の内面には螺旋状《らせんじょう》の溝がある。

弾丸が発射される時、弾丸の表面には螺旋状の溝が形成されて発射されるので、弾丸は旋回運動をしながら直進する。

従って弾丸には必ず線条痕（ライフルマーク）が形成される。

螺旋状の溝は、銃によって異なっているので、銃の指紋とも言われている。その溝によって、どの銃から発射された弾丸なのかを識別することができる。

拳銃強盗

スーパーマーケットは夜9時に閉店した。

女性店員はアルバイトの女子学生2人と一緒に、売上げ金450万円を2階の事務室の奥にある空の金庫に入れた。

その途端、ピストル強盗が「金を出せ」と、店員の後頭部に銃口を当てた。女子学生はそこにあるガムテープを体に巻かれ、おとなしく座っていろと命令された。

強盗は店員に早く金を出せとせかしたが、誰も鍵の開け方は知らない。翌朝、社長が来てダイヤルの数字を合わせ、金庫を開けて銀行に預金するので、金庫の開け方は社長以外に知る人はいない。店員は恐怖に震え、ダイヤルをぐるぐる回しているだけである。早くしろと言われても開け方は分からない。

強盗は店員につきっきりになっている。強盗の後ろにいた女子学生2人は、その隙を狙ってガムテープを外《はず》し始めたが、物音に気付いた強盗は、振り向きざま2人の後頭部に銃弾を撃ち込んだ。即死である。

銃声に驚いた店員は逃げ出した。「逃げるな」と言われて立ち止まりながら、強盗のほうを振り向いた時、銃弾が発射され、店員の前額部から後頭部を貫通した。店員は壁に寄り添うように尻餅をつき、痙攣《けいれん》をしていた。強盗はすぐ店員のところへ歩み寄り、後頭部から下顎部に向け、もう1発銃弾を撃ち込んで即死させた（図32参照）。

強盗は金庫を開けようとしたが開かないので、悔し紛れに鍵穴に向かって銃弾を1発撃ち込んだが、びくともしない。2〜3分の間に5発の銃声が近所に響き渡っている。長居はできない。結局1銭も取ることができないまま、強盗は現場を立ち去った。

15分後、銃声を聞いた近所の人たちが5、6人集まって、恐る恐る事務室の中へ入ると、3人の女性が血だらけになって死んでいた。

これらの話はテレビ局のコメンテーターとして現地に赴いた際、知り得た情報に私自身の知見を加えて、要約したものである。

銃弾が頭を通れば誰でも即死すると思っているだろうが、そうとは限らない。

頭蓋骨の中に入っている脳は、大脳と小脳に分けられる。

小脳は細かい運動をサポートする中枢なので除外し、大脳について説明すると、大脳

図32　スーパーマーケット店員を襲ったピストルの弾道

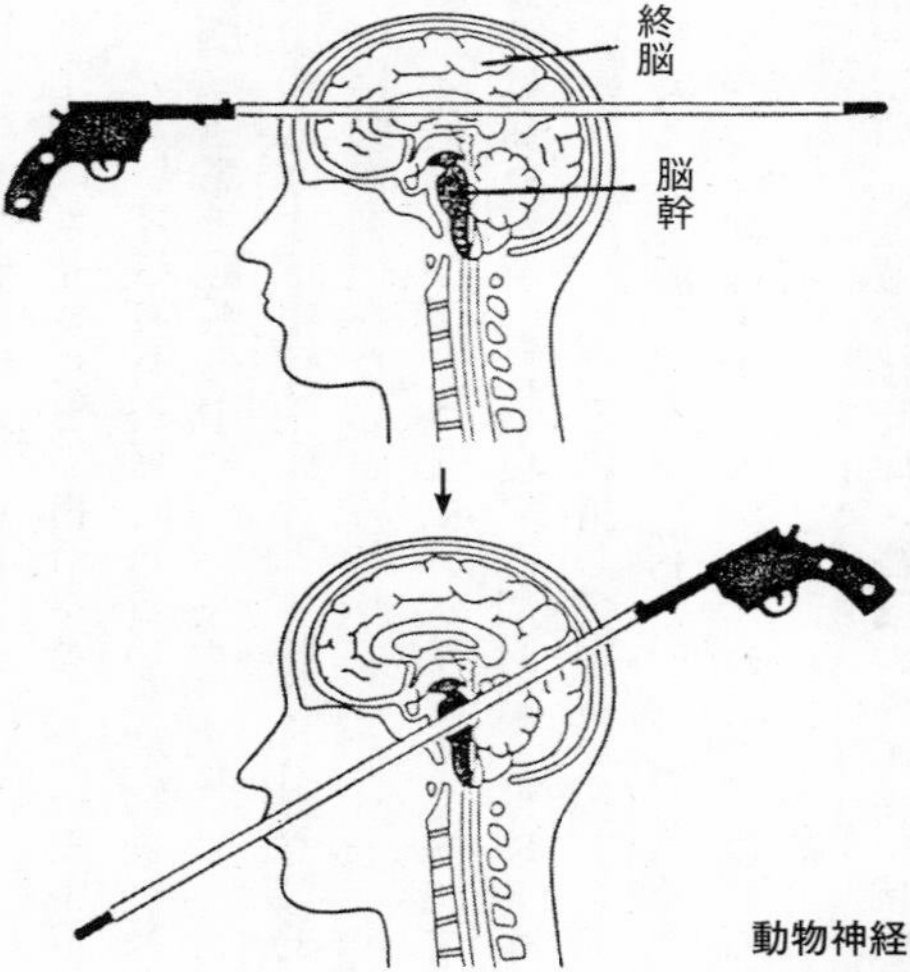

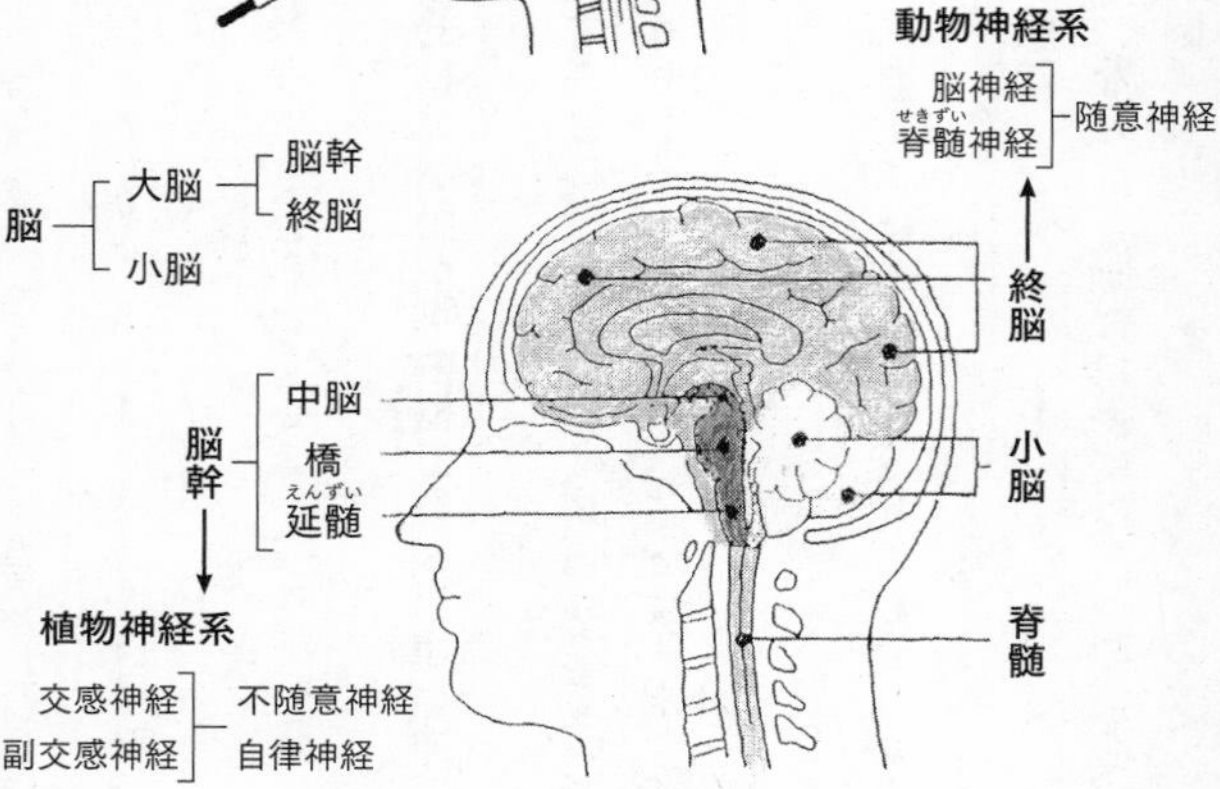

図33　脳の構造

は脳幹と終脳《しゅうのう》に分けられる（図33参照）。

❶**脳幹（不随意神経、つまり自律神経の中枢）**

自律神経の中枢で自分の意志に無関係で、オートマチックに心臓を拍動させ、呼吸させ、消化吸収させるなどの指令を発している中枢である。

そのため、不随意神経系、あるいは植物神経系などと言われている。

❷**終脳（随意神経系の中枢）**

自分の思うように体を動かし、喋るなど意識的に体を動かす中枢である。随意神経系、あるいは動物神経系などと言われている。

脳幹と終脳の関係をさらに分かりやすく説明すると、寝ている時は終脳も寝ているので意識はないが、脳幹は寝ずに、心臓よ動け、呼吸しろ、消化吸収しろとオートマチックに指令を出し、生命を維持している。

目覚めると終脳の働きが加わって、自分の思う通りに体を動かし、喋って行動する。したがって脳幹は生まれてから死ぬまで、寝ずに休むことなく指令を出し続けているのである。

❸**植物状態（随意神経麻痺・終脳のダメージ状態）**

終脳を弾丸が貫通すると意識不明で昏睡状態になるが、脳幹に損傷はないので心臓は拍動し、呼吸もできるため、すぐ死ぬことはない。

この状態で生き続けるのが植物状態である。

❹脳死（不随意神経系麻痺《まひ》・脳幹のダメージ状態）

脳幹を弾丸が通れば、心臓も呼吸も消化吸収も止まって、一瞬のうちに死亡してしまう。

例えば脳幹に小さい病的脳出血が生じ意識不明になった場合、すぐに入院し人工心肺器をセットし延命処置を施行すると、脳幹からの指令がなくても、人工心肺器が代行して心臓を動かし呼吸をさせるので、昏睡状態ではあるが3〜4週間は生き続ける。この期間を脳死（状態）と言っている。

脳死も植物状態も、意識不明の昏睡状態で、同じ症状をしているが、犯された中枢の部位が全く違うのである。

つまり、医学的に死亡している人を機械で動かしているのが、脳死である。この状態にある人の善意によって、臓器移植の提供がなされているのである。

この事件の犯人は、どこを撃てば人は死ぬかを知っている。殺しのプロと思われる。戦争体験のある者、あるいはマフィアなど殺人を経験している銃の使い手であろう。泥棒は素人だが銃の名手であることは確かである。加えて450万円が大金と思っている。しかも1銭も取れずに人の命を奪っている。どう考えても間尺に合わない犯行である。

私は昭和16（1941）年、旧制中学に入った。当時、我が国は徴兵制度があって、中学以上の学校には配属将校がいて、軍事教練は必須科目になっていた。剣銃を身に付けての演習である。地面に伏し銃を構え「発射《ウテ》」の命令で、的に照準を合わせて引き金を引くのである。

もちろん空砲なのだが、実戦では実弾であり、的は敵である。敵は人間である。親もいれば家族もいる。人間同士の打ち合い、自分が相手を殺しても、逆に殺されたとしても、親や家族は悲しむだろう。自分にはできない。やりたくないと思った。

しかし敵に攻め込まれ家族を失い、国が滅びるならば、自分は家族や祖国を守るために、戦わざるを得ないとの覚悟はできていた。

戦いは敗戦ということで終わった。銃はいらない。平和で自由を満喫できる時代になった。こんな幸福なことはない。

第18講

火傷死、焼死、熱中症（その他の外因死篇・その1）

内因死（病死）以外の外因死は、すべて変死扱いとされるため、警察に届け、監察医の検死を受けねばならない（東京都の場合）。石油ストーブの上の熱湯入りのヤカンが落下、大火傷で死亡した幼女の事例。火傷の形が物語る真実は——。

火傷死

火焔《かえん》や灼熱した物体などに接触して起こる皮膚変化を火傷《やけど》（熱傷）という。皮膚の変化を分けると、次のようになる。

❶第1度熱傷（紅斑性《こうはんせい》熱傷）

皮膚の毛細血管が熱に反応し、拡張して皮膚が赤く（発赤）見え、軽度に腫脹《しゅちょう》し、疼《とう》痛《つう》を伴う。

❷第2度熱傷（水疱性熱傷）

表皮と真皮の間に漿液《しょうえき》がたまり、水疱を形成する。水疱が破れると真皮の毛細血管が充血しているので、紅色に見える。これは生活反応である。

❸第３度熱傷（壊死性熱傷）

表皮と真皮は熱凝固し壊死状態になる。真皮の下の皮下脂肪が黄色に見え、そこに血管網が見えることもある。

❹第４度熱傷（炭化）

高温の火熱により組織が炭化した状態をいう。熱湯や蒸気では炭化は起こらない。第2度の熱傷が体表面の半分、あるいは第3度の熱傷が3分の1を占めると、死の危険があると言われている。

幼女の火傷

はいはいをしていた幼女が石油ストーブにぶつかった。上にあった熱湯のヤカンがひっくり返って幼女の背中に落下し、大火傷を負った。

すぐ入院し手当を受けたが、2日後、死亡した。主治医は火傷の事故死として死亡診断書を発行した。父親が死亡届を区役所の戸籍係に提出したが、受理されなかった。なぜならば、火傷死は内因死（病死）ではなく外因死である。外因死はすべて変死扱いなので警察に届け、東京都内では監察医の検死を受けなければならない（医師法第21条、死体解剖保存法第8条）。

火傷の原因は、医師と家族の話し合いで決めるものではない。本当に事故なのか、自殺なのか他殺なのか、その状況は警察の公正な捜査によらなければならないからである。

　変死体であることに気付いた主治医は、すぐ警察に届け出た。検死に出向くと立会官は、母の供述に間違いないとのことで、災害事故という説明であった。しかし着衣を脱ぎ、ぐるぐる巻きの包帯をほどくと、幼女の背中に、丸い第2度、3度の火傷があった。ヤカンがひっくり返れば、湯は不整形に散るはずである。捜査状況と死体所見が合致していない。これはどこかに嘘が隠されている。捜査をやり直す必要があると立会官に伝えた。

　時間はかかったが、母親が真相を語り出した。その児は生まれつきの障害児であった。食事の世話から下の世話まで母が付きっきりでしなければならない。医者にかけても治る病気ではない。前途を悲観した母が、過失を装って殺そうと熱湯をかけたのである。殺人事件であった。

　お湯が少なかったために着込んだ着衣に湯が吸い取られて、丸い状態の火傷になったが、大量にお湯があったら、湯は流れ出し不整形の火傷になり、私も騙されたかもしれない。しかし完全犯罪は簡単にはいかない。どこかに矛盾があるのである。

　しかし母親は、その児が憎くてやったのではない。追い詰められた母親の気持ちを考えると心が痛む。運命のいたずらなのだろうか。いたたまれない気持ちになる。

焼死

火災が発生する時に、なぜ逃げ出さないのか、不思議に思われるだろうが、火事の原因は、ガソリンや石油などが爆発出火するのとは違い、くすぶりが続き、煙が充満した後で出火する。出火した時には煙を吸い、一酸化炭素中毒状態で意識不明になり、神経が麻痺《まひ》しているから身体は動かせない。熱さも感じないまま焼死してしまうのである。

解剖し科学検査すると、赤血球のヘモグロビンは一酸化炭素と強く結合し、CO－Hb飽和度は70パーセント程度検出され、血液の色は暗赤色から鮮紅色に変色してくる。また、気管支内に黒色炭粉（煤《すす》）が付着し、火災の中で呼吸し生存していたことが分かる（第6講参照）。

昔の家屋は木材と紙などでできていたから、煙は一酸化炭素だけであったので、煙の中に入って子供を救ったという美談もあった。それは、数回呼吸してもCO－Hb飽和度が致死量に達しないからである。

しかし現状（昭和40年頃から）の建築物は新建材としてビニール、ビニタイル、ナイロン、ウレタン、プラスチック、アクリル建材などが使われ、これらが燃焼すると一酸化炭素だけではなく、青酸ガスなどの有毒ガスが発生するから、1回呼吸しただけで意識を失うことになる（昭和57年9月18日付朝日新聞参照）。

煙だけで火焔はないからと、火災の中に入ってはならない。厳重に注意しなければならない。

また、焼死体は闘士型（ボクサースタイル）になる。これは、死後、熱によって筋肉が収縮し、熱凝固するため、関節が屈曲固定するからである。

頭隠して尻隠さず

老女の独り暮らしの一軒家が火事になった。彼女は焼死体となって発見された。司法解剖の結果、気管内に煤の吸引はなく、CO－Hbは陰性で、火災の前に死亡していることが分かった。

しかし死因になるような病変はなく、毒物も陰性で死因は不詳とされた。出火の原因も不明である。

ところが老女が死に、家屋が焼失すれば多額の保険金が支払われることが分かった。容疑者らしき人物も分かったので、殺人放火の疑いで捜査が行われたが、解剖の結果は、死因不詳なので逮捕に踏み切れない。

事件から半年も過ぎた頃、警察から相談を受けた。解剖しても分からない事例を、私が資料を見て分かるはずはないと断ったが、資料を全部持参するから検討してほしいと言われた。

絞殺《こうさつ》などの窒息死を疑って頸部《けいぶ》のカラー写真を精査したが、筋肉内の出血はなく、気管軟骨などに骨折や出血も見当たらない。脳心肺に病変はない。やはり死因は不詳かと思いながら、解剖時に鑑識係が撮ったカラー写真を見ていたら、1枚の頭蓋底《ずがいてい》の写真が目にとまった。頭蓋底の骨は一般に蒼白なのだが、淡青藍色《たんせいらんしょく》にうっ血している。これは窒息死の所見である（第8講参照）。

絞殺などの窒息死には必ず、顔に強いうっ血が生じ、首には索条痕《さくじょうこん》が出現する場合が多い。そのままでは殺人事件はすぐ分かってしまうから放火し、顔のうっ血や、首の索条痕などを焼却すれば、すべて分からなくなるだろうと考え、証拠隠滅のために放火したのだろう。

しかしそのような工作をしても、頭隠して尻隠さずで、専門家を欺《あざむ》くことはできない。顔が強くうっ血して死亡した場合は、同じ血管が頭蓋骨にも分布しているから、索条痕や顔のうっ血を焼却しても、頭蓋骨の中までは焼かれない（そこに窒息死の証拠があることを法医学者も気付いていない）ので、頭蓋底のうっ血が確認できれば、窒息死の証拠になる。私は多くの体験事例から、その事実を知り、学会にも発表している。

解剖時の頭蓋底のカラー写真を添え鑑定書を書いた。1年後、老女の甥《おい》が逮捕された。マフラーで首を絞めた後、放火したというのであった。

熱中症

暑い季節に長時間、直射日光下で労働し、あるいはスポーツなどで筋肉疲労に加え、水分が不足すると、体内に過度の熱が蓄積し熱中症になることがある。

顔が赤くなり、速脈、体温上昇、めまい、頭痛、吐き気、嘔吐《おうと》、視力障害が起こり、高度の場合は意識消失、痙攣《けいれん》、昏睡状態になる。

体温を下降させるため、木陰の涼しい所で、身体全体を冷やし、119番通報する。また、水や塩分を補給するなどの手当も必要である。

解剖所見は、血液の濃縮があり、脳腫脹、脳実質の点状出血などが見られることもある。

第19講 凍死、感電死、飢餓死（その他の外因死篇・その2）

真夏の建設現場で、健康な男性作業員が突如倒れ、死亡した。「アー」と大声を発して倒れたという。ふつう、心臓発作などで倒れるときは、「アー」ではなく、「ウー」と唸る。死因不明の死体に、監察医は経験から診断を導き出すこともある。

凍死

凍死については第3講で記述しているので要約する。

体温が30度以下に低下すると睡気が生じ、思考力が低下し、血圧低下、不整脈が出現してくる。体温保持の臨界温度は28度と言われ、それ以下に体温が下降すると回復できず死に至るとされている。

東京の冬、気温が5度でも、泥酔し雨にぬれ、風に吹かれ空腹状態で路上に寝ていると、凍死する事例は少なくない。

体は鵞皮《がひ》（トリハダ）を形成し、死斑《しはん》は鮮紅色となる。凍死者の死斑が一酸化炭素中毒死と同様に鮮紅色を呈するのは、全く別の要因による。

凍死の場合は、身体が冷たくなり低体温になるので、すべての細胞の新陳代謝は低下し、活動が弱くなって酸素の消費が少なくなる。

そのため、血液中の酸素があまり減少しないので、血液は鮮紅色を保ち、死斑も当然鮮紅色になるのである(第1講参照)。

また、寒冷により、局所の血液循環障害で、手足の指、耳介、鼻尖部などに凍傷を起こすことがある。

凍傷も火傷《やけど》と同様に分類されている。

❶**第1度凍傷　(紅斑性《こうはんせい》凍傷)**

寒冷のため血管が収縮し、乏血のため神経が麻痺《まひ》するので、やがて血管が拡張して皮膚の色が紅色に見えてくる。

❷**第2度凍傷　(水疱性凍傷)**

血管壁の透過性が高まり、血漿《けっしょう》が漏出して水疱を形成する。

❸**第3度凍傷　(壊死性凍傷)**

組織の凍結、血管の塞栓《そくせん》で組織が壊死する。この状態で救助されれば、死ぬことはない。凍死者の胃粘膜に出血斑が見られることもある。

厳寒の現場で凍死者が裸になって死亡している事例に遭遇した検視官に、質問されたことがある。これも第3講で記載しているので、簡単に説明しよう。

低体温になり温熱中枢が障害されて、精神錯乱状態になったためなどとの説明もあるが、私はそうではないと考えている。

風邪をひいて体温が上がっているのに寒いと言って震え、解熱する時は体温が下がるのに暑くて発汗するのと同じように、体温と外気温の差が小さいと暑く感じ、大きくなれば寒く感ずるのと同じではなかろうかと説明した。

正解か否かは分からないが、あながち間違いとは言い切れないと思っている。

感電死

感電とは、電流と地面の間で人体が導体（経路）となった場合（アースされた状態）を言う。

しかし、絶縁体のゴム製手袋、長靴を使用しているとアースされないから、感電することはない。

一般家庭の電流は交流で、人体には接地極と非接地極があり、皮膚に熱傷（ジュール熱による凝固壊死）を生じ、電流斑を形成する。

しかし、皮膚が濡れていたり発汗していると、電気抵抗が弱いので電流斑が形成されずに感電することになる。

電流が心臓や脳を通過すると、心室細動や痙攣《けいれん》、失神、呼吸麻痺などを生じ、死の危険があると言われている。

落雷は空中の高電圧の電源が放電し、瞬間的に人体を通過し地面に達する場合で、皮膚に電紋（第3、4度熱傷）を形成し、電気ショック死することになる。

「アー」と「ウー」

昭和40年代、建設ブームの頃の話である。墜落死や感電死が多かった。今と違い、当時は労働環境などの規制はなかったので、このような事故は珍しくなかった。

真夏の暑い日、汗だくで、足場は水浸しの現場で「アー」と大声を発し、作業中の男性が倒れた。近くの同僚が駆け寄ったが、間に合わなかった。

検死に出向くと、倒れた男性は地下足袋を履き、とび職風であった。警察の捜査では感電死のようであるという。

2〜3日前にも作業中にビリビリと感電した人がいたが、大したことはなかったので、そのままになっていたという。

感電を念頭に、体表面の電流斑（電線と接触した皮膚に小さい火傷痕を生ずる）を探したが、見当たらない。作業中に病的発作で急死することも考えられるので、行政解剖をすることにした。

翌日、解剖当番だったので、私自身が執刀することにした。解剖台の上に置かれた、裸のご遺体の電流斑を再度くまなく探したが、発見できなかった。

考えてみれば足場は水浸し、身体は汗まみれである。電線に触れても、抵抗なく電流は体を通過する。心臓や脳を電流が通過すると死亡すると言われている。

肉眼だけでなく、心臓と脳のミクロ（細胞）の状態まで顕微鏡で調べたが、変化を見つけることはできなかった。

つまり、人の身体の表面に抵抗なく電流を流すと、体内の組織には水分が多いので何の痕跡（変化）も残すことなく、電流は体を通過する。

しかし死亡するのは、心臓あるいは脳の機能障害を起こすためと考えられている。そのほかの臓器にも死因になるような病変はない。

血液、尿の毒物も調べたが、陰性であり、死因を見つけることはできなかった。

しかし実態は、中年の男性が仕事中「アー」と言い突然死している。死ぬような病変はない健康体である。

仕方がないので私は、無電流斑性感電死という仮の死因を考えて、先輩に相談した。先輩も同じようなケースを数件扱っていたので、話し合っているうちに、それらに共通したことは、現場には感電の条件は揃っているが、電流斑は見当たらない。さらに、解剖しても死因になるような病変もない。健康体である。しかし突然「アー」と言って急死していることだと分かった。

「アー」ですよね。そう「アー」が共通点なのだが、「アー」ではどうしようもない。話は行き詰まったが、そういえば病的発作で倒れる場合は「ウー」と唸《うな》り声をあげるよね、と先輩は言った。

私と目が合って2人は笑った。もしかしてこれが決め手になるかもしれないと、笑いながらも話はまとまりつつあった。

つまり、感電した時は、強い刺激を感じ意識して倒れるので、叫び声は「アー」と驚きの声になる。病的発作のような時は、呼吸や心拍動が停止するので、苦しいから「ウー」と意識を失って唸るのではないか、というたわいのない話であった。だが、ほかの監察医も「アー」と「ウー」の違いは面白い話だが、あるかもしれないと賛同してくれた。

そんなことから、このケースは感電死という診断にした。非科学的と言われるかもしれないが、あながち間違いだとも言い切れない話である。

飢餓死

栄養物と水が全く摂取できない状態に置かれると、人は約1週間で死亡する。これが飢餓死である。しかし、水分だけ摂取できれば、約1か月の生存は可能であると言われている。

個人差があるので一概には言えないが、栄養物と水を全く摂らないと、2、3日後には空腹感もなくなり、体力減退、体温の低下、脈拍微弱、アセトン臭が強くなる。

さらに尿量は減少し、排便もなくなり、皮膚は乾燥して、腸内の粘液や上皮細胞などが飢餓便となって排出され、体は痩せ衰え、意識は混濁して譫妄《せんもう》状態となり、嗜眠《しみん》、昏睡《こんすい》、痙攣などをきたして死亡する。

栄養失調状態が持続すると、低蛋白血漿《ていたんぱくけつしょう》となり、血中の水分が血管壁から漏れ、腹腔内に貯留した状態となることがある。

裸の子供がお腹だけふくらみ、四肢がやせ細ってあばら骨が見える写真を目にすることがある。これが栄養失調症の腹水貯留である。こんな状態をなくさなければならない。

人は食べ物がない時どうするか

昭和47（1972）年10月13日アンデス山中（4200メートル）に旅客機が墜落した。ラグビーチームの選手ら40人とパイロットら職員5人が乗っていた。生存者は28人であったが、発見が遅れていたため、食糧に窮した生存者らは、ついに、死者の肉を食べることになってしまった。

しかし、それでも発見されなかったので、体力のある2人が下山し、救助を求めた。

これが成功し事故から72日目に救助されたという珍しい事件であった。

後日、人の肉を食べたことが問題になったが、生存者らは緊急避難（やむを得ない行為）として、法律上問題にはならなかったという。追い詰められた時、人間はどうするのか。食べるのか、食べずに死を選べるのか。考えさせられる事件であった。

第20講

生と死を考える（嬰児殺篇）

嬰児殺とは、分娩中、あるいは分娩後間もない新生児（嬰児）が殺害されることを指し、殺人罪が適用される。人の死と向き合い続けてきた監察医が考える、人間という存在、その生死を人工的に操作することの是非。

「嬰児殺《えいじさつ》」とは何か

「嬰児殺」。あまり聞き慣れない言葉である。これは分娩中あるいは分娩直後の新生児を殺害するケースを言う。刑法上、嬰児殺という規定はなく、同じ人間なので殺人罪が適用される。嬰児殺は通常の殺人事件とは異なり、加害者の多くは母親で、不倫、貧困などそれなりの理由があって、生まれたばかりの児の始末に困って犯行に及ぶものなので、法医学では、別項目で嬰児殺として扱っている。

それでは、生まれる話から始めることにする。

生まれる

現代ほど命を蔑《ないがし》ろにする時代はない。人を殺し逮捕された少年が、警察官に「人を殺すのはいけないことなのですか」と尋ねたという。驚きであった。命をまるでゲーム感覚に捉えている。スイッチを入れれば、再び動き出すと思っているのだろう。

そんな子供たちに言いたい。自分がここに存在していることに気付いてほしい。確かに1人で生きているのだが、周囲を見渡せば、両親の愛に育まれ、兄弟と一緒に育てられて生きている。1人のようだが、実は家族を含め社会の一員にすぎない。1人ではないのだ。

だから自分の置かれた環境、周囲の人々と協力して生きていかねばならない。そのためには知るべき最低限の知識として、読み書きそろばん（計算）とルール（道徳、規則）を習得しなければならない。それが義務教育だと思う。

さらに人が集まってくると、その中にリーダーができ、上下関係が生まれ人間社会がつくられる。自分勝手には生きられない。言わばこの世は競争の世でもある。それならば誰でも上位になって安楽に暮らしたいと思うだろう。それが受験戦争という形になって現れる。一流の大学に入れば就職が有利になり、将来が約束されるという図式になっているからだろう。

しかしそうではなく、大学は専門知識を修得すると同時に、人間形成の場でもある。そのことを忘れてはならない。人間形成が重要なのである。

いつから人なのか

考えれば、人間の叡智は実にすばらしい。一人ひとりが一生懸命に考え行動し協力することによって、現在のような発展した豊かな社会がつくられたのである。その1人が自分でもあるから、自分はこの世では誠に尊い存在なのだ。1人の人間として自信と誇りを持って生きていくべきだ。

人間は受胎の瞬間から人間で、60兆個の細胞の集合体である。それぞれの細胞は46個の染色体（遺伝子）を持っている。44個は常染色体といい、後の2個は性染色体で男はXとY、女はXとXを持ち計46個である。ところが男の精子と女の卵子は減数分裂して半分しか持っていない。つまり男の精子は22＋X（23個）を持つ精子と22＋Y（23個）を持つ精子に2分されている。女の卵子はすべて22＋X（23個）である。

このように性細胞は半端ものなので分裂増殖はできない。だから精子と卵子は常に求め合い合体し、46個の染色体を持つ一人前の細胞になりたがっている。

男の（22＋X）と女の（22＋X）が合体すると女の子、男の（22＋Y）と女の（22＋X）が合体すると男の子の誕生になる。男と女、生物は皆このパターンになっている。合体して46個の染色体になった細胞を受精卵といい、女性の子宮の中で分裂増殖し育って10か月後には60兆個の細胞になって、人体が完成し誕生する。この現象を文学的に言えば恋であり愛であり、結婚という表現になるのであろう。

私は思う。1個のニワトリの卵より、おいしい栄養のある食べ物を作ることはできるが、温めるとひよこになる卵を人間はどうやっても作れない。しかしニワトリはそれを作っているのである。創造の不思議でもあるが、男と女、雄と雌、生物の子孫繁栄は不変のまま永続している。だから生まれてくる子は尊い存在であり、祝福されなければならない。

しかし分娩中、あるいは分娩後間もない新生児（嬰児）が殺害される場合もある。嬰児殺という法律上の規定はないので、殺人罪が適用される。

法律上、新生児と胎児（出生前）はどのように区別するかというと、出生には次の3説がある。

《出生3説》

・刑法……一部露出説。胎児が母体から一部でも認められた時。
・民法……全部露出説。胎児が母体から完全に露出分離した時。
・医学……独立呼吸説。胎児が娩出後独立呼吸を行った時。娩出しても独立呼吸をしない者は、死産児。

このように、それぞれ違った解釈をしているのは、理由がある。

刑法の一部露出説は、独立呼吸をしなくても出生とし、早めに誕生を認めている。堕胎罪（母体内殺害）と殺人罪（母体外殺害）の違いは、この時期によって区別されるので、刑法は人命をそれだけ尊重しているわけである。

民法は全部露出説で、戸籍の出生をこの時期と決めている。ところが医学は独立呼吸説であるから、生存できる証しであり、極めて合理的である。しかし娩出しても独立呼吸をしない者は死産児とし、区別している。

堕胎とは、自然の分娩に先立って人為的に妊娠を中絶し、母体外に胎児を排出するか、外力を加えて胎児の成長を止める行為を含む。

医師が医療目的のために行う妊娠中絶、例えば妊婦が癌《がん》などで、これ以上妊娠を持続すれば、生命に危険があるような場合は堕胎罪は構成しない。また、優生保護法が改正され、経済的事由（つまり貧困）も正当な理由に加えたため、我が国では人工妊娠中絶が比較的容易に、合理的に行われるようになっている。

人間の一生は生まれることによって始まり、死で終わる。その人間の生命に人工授精、体外受精（試験管ベビー）、代理母など、出生に関して人工的操作が加えられるようになった。これで良いのだろうか。考える必要があるだろう。

祖母が孫を産む時代

アメリカで裁判になった注目すべき事件は、子宮を摘出して子供の産めない夫婦が、自分たちの子供がほしいと専門医に依頼し、夫婦の受精卵を作り、健康な女性の子宮に着床（妊娠）させた。いわゆる代理母である。契約金を支払い10か月後、代理母は無事出産した。生まれた子は夫婦の遺伝子を持ち、代理母はただ子宮を貸しただけで、実質的なつながりはない。しかし10か月間同体であり、お腹を痛めて出産した子供となれば、医学的に我が子ではなくても、思いは格別である。

代理母は、契約を無視して夫婦に子供を渡さないと言い出した。さらに法廷で、生みの親こそ親権者であり、契約は人身売買と同じで無効だと主張した。裁判所は、2人の母が存在しては子供が混乱するとして、子供は夫婦のものであるが、代理母にも子供との面会を承認すると約束させて結審した。

子宮摘出手術をして子供を産めない夫婦が、代理母として自分の母親を選んだ。閉経していたが、ホルモン注射をして、受精卵を受け入れ妊娠した。10か月後無事出産した。その児を養子として夫婦の実子に迎え入れた。しかし祖母が孫を産んだことになるのである。大変な時代になってきた。

死ぬ

死とは3大重要臓器である脳、肺、心臓の機能が永久に停止した状態を言っている。このほか、最近は、脳死という概念が定着してきた。つまり脳の機能が停止すると、心臓を動かし呼吸運動をさせている命令が脳から発しなくなる。

直ちに人工心肺器をセットし、器械と薬で動かし続けると、脳からの指令がなくても生き続けることが可能になる。しかし2〜3週間後には薬にも器械にも反応しなくなって、死亡する時が来る。その期間を脳死と言っている。

脳死になると、いかなる治療をしても、生の方向に回復することはない。なぜならば神経細胞はほかの細胞と異なり再生力がないので、一度ダメージを受けると復活することはないからである。

死亡した人を薬や器械で動かしている状態の期間を医学的に脳死と言っている。したがって、その期間に死を宣告し、臓器移植を行えば、新鮮な臓器の提供ができるので、我が国も脳死と臓器移植が法制化された。もはや生や死は、神の思し召しではなくなってしまったのである。

生産児か死産児か

生産児はオギャーと泣き一度でも呼吸しているから、肺胞は空気を吸って拡張している。何らかの理由で死亡した児を解剖し、顕微鏡で肺の組織を見ると、空気を吸い込んだ肺胞は拡張しているので生産児であることが分かる。

同様に、嚥下《えんげ》運動により消化器系にも空気が入っていく。死産児は呼吸も嚥下運動も

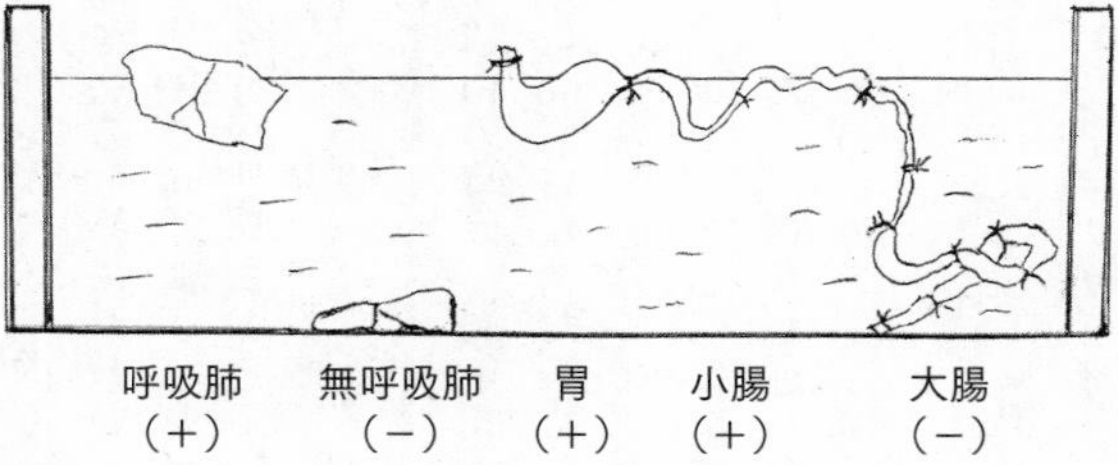

図34　生産児か死産児かを判定する肺・胃腸浮遊試験

しない。

解剖時、水中に肺、胃腸を入れる。肺（小さく切った肺でも良い）が浮かべば（＋）で生産児。沈む肺は（－）で死産児である。また生産児の場合、胃、小腸、大腸を数か所結紮《けっさつ》して水中に入れ、どこまで空気が進入しているかを検査する。

胃小腸が浮上していれば娩出後6時間くらいの生存、大腸まで浮上していれば半日くらいは生存していたと考えられる（図34参照）。

あの世

医者になったが、生きている人の病気は治せない。死を扱うおかしな医者になってしまった。そのせいか「死とは何ですか」とよく聞かれる。何か特別な概念か感想があるだろうと期待しての質問であろうが「ナッシング」（無）と答えると「え？」と驚かれる。人生の終焉《しゅうえん》をたくさん見てきたのだから、深遠な言葉が聞けると思ったのであろう。不満げである。そこで私は少し説明を加える。検死で現場へ出向くと、死者の周りにはご家族や近所の人、友人らが集って死を悲しんでいる。特にかわいい盛りの幼児の死、母親の悲しみは、悲痛としか言いようがない。自分にも同じような児がいればなおさらである。

検死の現場にはそれなりに事情がある。それに心を奪われていては次の検死はできなくなってしまう。すぐ頭を切り換えて「ナッシング」にして、次の現場に向かわなければならない。

昭和の時代、30年間監察医として2万体もの死者の検死、解剖を扱ってきた。平成元年に60歳になったので、定年5年前であったが退職し、執筆活動に入った。子供たちも独立し妻と2人になり、初めてマルチーズ犬を飼った。あまりにもチョロチョロするので、チョロが名前になった。寝る時は私の布団の中にもぐりこみ、我が子同然の生活になった。気持ちが通じ合う仲になり15年目、愛犬チョロの死を看取る時が来た。小さな白い体。これからこの子はどうなるのだろう。その時、私は思わずチョロに語り掛けていた。

「あの世には優しい私の父と母がいるから、そこへ行きなさい。可愛がってもらえるから」と言ったのである。あの世など考えてもおらず、あるとも思っていなかった。後でその矛盾に気が付いた。

臍《へそ》の緒《お》

昭和30〜40年代に多かったのは臍帯《さいたい》の付いた遺棄死胎の解剖である。当時は肥溜め式便所の便壺の中、あるいは公衆便所や川の中から発見されることが多かった。その後、コインロッカー、あるいはビニール袋に入れられアパートの押入れの奥から発見されるなど、時代とともに遺棄場所も変わってきている。

いずれも生産児か死産児かを区別するため司法解剖になるが、この時、臍帯の断端の観察が重要なのである。刃物での切断か断裂したものかなどの観察により、分娩時の様相がある程度読み取れるからである。

生と死。矛盾なく説明はできない。死はナッシングなのか、あの世はあるのかないのか分からないが、この世はあって、今生きているのだから、親から授かった生に感謝し、力の限り生きていかなくてはならない。それが私に与えられた生と死である。

第21講 独り歩きをする毒物（中毒篇・その1）

陰謀や権力闘争の歴史を振り返ると、毒物を使用した殺人は枚挙に暇がなく、同時に、毒味役という存在からもわかるように、毒物の検出には苦心してきた。現代では、裁判化学という不詳毒物の検査法が確立されている。

伊達騒動

毒物の話は昔から古今東西を問わず数多く言い伝えられている。

小説化やドラマ化された我が国の事件は、次の藩主の座を狙っての争いである。直系の長男、次男、側室の子、あるいは実弟など血縁関係者の家臣団は、我が殿を藩主にと水面下で暗躍し、熾烈な争いを展開する。大きな利害が絡むから、陰謀になるのであろう。刀剣による暗殺が主流であったが、それでは陰の首謀者が判ってしまう。そこで登場したのが毒殺である。

飲食物に混入するだけなので極めて簡単で、混入の現場を目撃されなければ判らない。女でもできる手段である。しかも毒の入った御膳は台所から何人もの手を経て、主の元に運ばれていく。つまり毒物は人から人へと渡って独り歩きをするので、首謀者は判らない。

しかも毒物を証明する方法が開発されていなかったので、実態は不明であった。

小説やドラマにもなっているので、ご存じであろうが、伊達騒動は万治3（1660）年に起きた。仙台藩62万石、藩主伊達陸奥守《むつのかみ》綱宗《つなむね》が不行跡を幕府に咎《とが》められ、2歳の亀千代が藩主になった。そのため、綱宗の叔父に当たる伊達兵部少輔《ひょうぶしょうゆう》宗勝《むねかつ》が後見人になった。兵部は家老の原田甲斐《かい》宗輔《むねすけ》と結託し、幼君を毒殺し藩主になるべく画策した。医師に鴆毒《ちんどく》（中国古来の毒物）を調合させ料理人頭《かしら》、台所頭、膳番を呼び、明朝の膳で幼君亀千代の毒殺を命じた。

膳番の塩沢丹三郎は藩主を守るべきか、後見人宗勝に従うべきか、自分の取るべき行動に迷い苦悩していたが、膳が主君の前に出されたその時、無礼にも咄嗟《とっさ》に食事をすべて平らげてしまった。たちまち顔色はどす黒くなり、うめき声を上げて口から血を吐き息絶えたという。身をもって幼君を守ったのである。

知らせを受けた原田は、毒殺とは不届き千万と、有無を言わさず医師、料理人頭、台所頭を斬殺してしまった。関係者の口封じであった。しかも自分が忠臣であったかのように振る舞ったのである。

これが伊達騒動の幕開けである。

鴆とは中国の山中に住む鷹《たか》に似た鳥で、羽に猛毒があり酒に浸すと毒力は強くなり、飲めば直ちに死ぬと言われていた。しかしこれは架空の鳥であろうと思われる。我が国では江戸時代、岩見銀山の副産物として砒石《ひせき》が採掘された。これを焼くと白煙が出る。この白煙にニワトリの羽をかざすと、羽に亜砒酸《あひさん》（砒素）の結晶が付着する。この羽を酒に浸せば猛毒になる。これが鴆毒である。あるいは古くから附子《ぶし》（トリカブト）が猛毒として知られていたので、このいずれかが使われたのであろう。いずれにせよ当時は毒物を総称して、鴆毒と言っていたようである。

毒の見分け方

毒物か否かを見分ける方法として、古代中国の記録によると、死者の口の中に米を入れ一夜明けたら取り出して、ニワトリに与え、生死を見て判断したとある。不確実であったにしろ、当時は1つの判定基準になったのである。あるいは毒に反応する銀の箸《はし》を使うとか、毒味役を置くなどの防衛策が取られたのであった。

毒物とは、比較的少量でも人体に機能障害を起こす物質を言う。劇薬とか毒薬と言われるが、それは効果の差によって区別される。取扱いは法的に規制されているが、自殺、他殺に悪用されている。

変死体として法医学的に扱われるケースは、死亡原因や状況などが全く不明で、解剖しても内因死（病死）か外因死かも分からぬ場合もあるので、最後は毒物が疑われて検査することになる。

血液、胃内容、尿などから毒物を検出することになるが、毒物と言っても多種あるから1つ1つの毒物を検査していくのでは埒《らち》が明かない。そこで組織立った検査法として、裁判化学（不詳毒物の検査法）という術式が確立されている（図35参照）。

薬化学の専門家が行うことになるが、血液、胃内容、尿などの検査資料の一部をまず①透析する。これによって酸、アルカリ類などが検出される。さらにその残渣《ざんさ》を②蒸溜すると、揮発性物質が検出される。次いでその残渣を③抽出すると、植物性毒物が検出され、さらにその残渣を④壊機すると、金属性毒物が検出される。

この裁判化学によっても検出されない毒物がある。その場合は特殊な検査方法によって検出することになる。

毒物検査は裁判で、再鑑定、再検査されるケースが多いので、資料である検体は全量使用せず、必ず再鑑定のために残しておくことが常識とされている。

検死の現場で病死なのか、それとも毒薬（青酸化合物や農薬など即効性で急死するような毒物）なのか、区別を急ぐ場合、生物試験をすると良い。

やり方は簡単である。ティッシュペーパーを水で濡らし、絞って死体の口の中をふき

図35　不詳毒物検査手順（裁判化学）

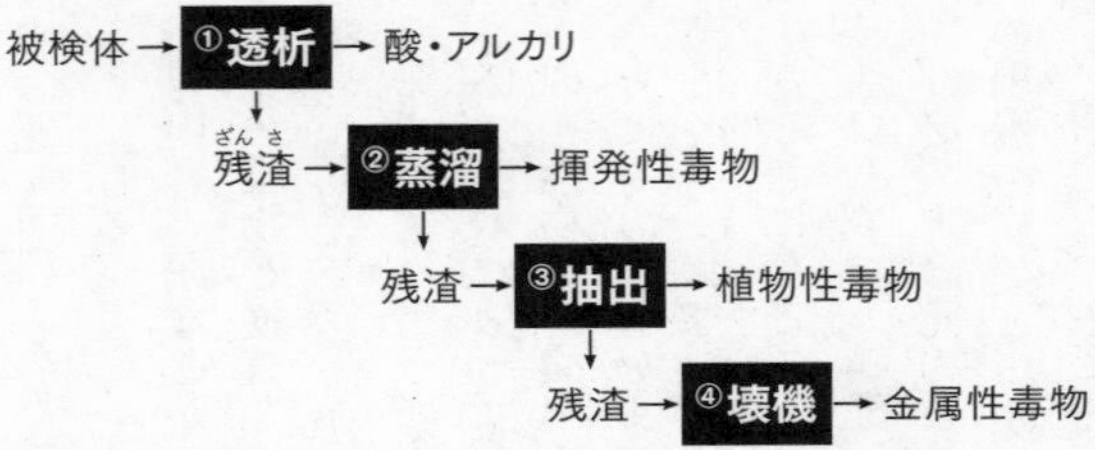

検査法	得られる毒物	
①（第1段階）**透析**	酸・アルカリ	硫酸、塩酸、硝酸、アルカリ
②（第2段階）**蒸溜**	揮発性毒物	燐《りん》、青酸、アルコール、ホルマリン、フェノール、ベンゾール、石油
③（第3段階）**抽出**	植物性毒物	睡眠剤、解熱剤、モルヒネ、ニトロ化合物、アルカロイド（キニーネ、ニコチン、コデイン、アコニチン）
④（第4段階）**壊機**	金属性毒物	バリウム、鉛、銀、亜鉛、クローム、アンモニア、砒素、銅、錫《すず》、水銀、カドミウム

取り、これをガラスのコップに入れる。その中に蟻《あり》などの昆虫を入れ、蓋《ふた》をして観察する（昔のニワトリのやり方と同じである）。毒物であれば昆虫は急死する。昆虫がいない場合はコップに水を入れ、中にメダカなどを入れて観察する。これが現場でできる簡単な生物試験である。あくまでも現場で行う予備試験なので、本試験（化学的検査）を行わなければならない。

睡眠剤

かつて睡眠剤中毒死は自殺のトップを占めていた。眠りながら安楽に死ねるし、街の薬屋で、量の制限なしに自由に購入できたからである。しかしその後、医師の処方箋がないと入手できないように改正されて、致死量の睡眠剤を得ることは困難となり、自殺は激減した。

長時間の昏睡中に発見され、治療により回復するケースもあるが、発見されずに死亡した場合の死体所見は、眼瞼《がんけん》に眼脂《がんし》（メヤニ）が付着し、鼻口部より白色泡沫液を洩《も》らし、眼瞼結膜の水腫が著明である。これは、長時間同じ姿勢で昏睡していたため、肺にうっ血水腫を来たし血液循環不全を起こしたからである。

さらに死斑《しはん》は暗赤紫色を呈し、指爪床《しそうしょう》のチアノーゼが出現する。これは肺でのガス交換が不十分になり、血中酸素量が低下し、血液の色調が暗赤紫色になったためである。

あるいは肺水腫で白色泡沫液が生じ、その泡沫が呼吸のたびに肺と鼻口部を往復し、雑菌を吸い込み肺炎を起こしている可能性もある。

通常睡眠剤は1錠1ミリグラムで2〜3錠服用すれば眠れるが、常用すると5錠8錠と増えていく。致死量は100ミリグラムなので100錠服用するのに多量の水を飲むことになる。そのため昏睡中に嘔吐《おうと》し覚醒したり、嘔吐物を気管に吸引し窒息死したり、肺炎を起こし死亡するケースもある。

睡眠剤による殺人は多量に飲ませなければならないので、実行不能であるが、最近は睡眠導入剤を酒に混入させ、昏睡状態で抗拒不能にしてから浴槽に入れ、入浴中の溺没事故に見せかけるなど、悪用されている。

そんなことをしても、解剖すれば偽装工作はすぐ発覚してしまう。

睡眠導入剤を混入した酒

妻が夫を夜釣りに誘い出し、用意した睡眠導入剤を混入した酒を飲ませて昏睡状態にして、夫を岸壁から突き落とした。検死した県警と検死医は、妻の話を鵜《う》呑《の》みにして、溺没事故と診断した。死亡者は泳げない人なのか、酔いはどの程度であったのか、あるいは保険加入の有無などの調査もしないまま、過失事故とした。

妻は多額の損害保険金を入手した。それから2年後、再度同じ手口で、息子を夜釣りに誘い、溺没させた。県警は2度目であったため、慎重な捜査をし、検死後、司法解剖をした。

結果は、この2つの事件は共に保険金目当ての殺人だという実態が明らかになった。妻には情夫がいてその金を貢いでいたのである。

睡眠導入剤を酒に混入して飲ませれば、昏睡状態になって抗拒不能になるので、女でも男を簡単に殺せるのである。そこに保険金やよこしまな愛が絡んでいた。

検死は、死によって得をする人はいないのかなど、注意深く、慎重な捜査が必要である。

第22講

青酸化合物、練炭ガス、サリン（中毒篇・その2）

昭和23（1948）年の帝銀事件など、青酸化合物の服用による他殺や自殺は、現在では激減した。一方、密室で練炭火鉢を使った一酸化炭素中毒死亡事件、オウム真理教によるサリン事件など、新たな中毒死の事例が出てきている。

青酸化合物

昭和23（1948）年1月26日、帝国銀行椎名町支店に1人の男がやってきた。東京都防疫課医学博士の名刺を出し、近所に集団赤痢が発生したので、予防薬を服用してもらうことになったと、全員16人を集めて、よく効く薬だが、歯に触れると琺瑯質《ほうろうしつ》を痛めるので、一気に飲んでほしいと実演してみせ服用させた。直後、吐き気を催して意識不明となり12人が死亡した。犯人はそこにあった現金16万円と小切手を持ち逃げした。これが世に言う帝銀事件で、その毒物が青酸化合物であった。

青酸化合物の取扱いが厳しくなかった時代は、自殺、他殺に利用されていたが、現在では取扱いが厳重になり入手が困難になっているので、これによる事例は激減した。

青酸化合物を服用し血中に吸収されると、呼吸酵素をブロックするので、赤血球は酸素とのガス交換ができなくなって、細胞間のガス交換もできなくなり、窒息状態になって急死する。これを内窒息という。

青酸化合物は即効性の猛毒である。

青酸化合物中毒死の死斑

日本の法医学書には、青酸化合物中毒死の死斑《しはん》は鮮紅色と記載されている。これはドイツの法医学書を引用したためである。ドイツでは青酸化合物のガスを発生させて吸引した中毒（呼吸器系）死体を見て、死斑は鮮紅色であったから、そのように表現したのである。

しかし、日本では服用（消化器系）するケースがほとんどであり、この場合の死斑は暗赤褐色《あんせっかっしょく》である。おかしい、教科書と違っているとの批判が続出した。私も青酸化合物中毒死を数多く検死、解剖し、不審に思っていた。

ところがある日、この違いが分かる事例に遭遇した。

青酸化合物の粉末をサイダーで服用自殺したケースを検死した。死斑は鮮紅色であった。私は思った。青酸化合物（アルカリ性）をサイダー（酸性）で飲むと、胃の中で化学反応を起こし、大量の青酸ガスが発生して口から噴き出る。その青酸ガスを吸うために、呼吸酵素はブロックされ、血液は動脈血性のまま循環するから、死斑は鮮紅色になる。呼吸器系からの出血は喀血《かっけつ》と言い、鮮紅色であるのと同じ理屈である。

ところが、青酸化合物を水で服用すると、胃に入った青酸化合物からのガスの発生は少ないので、青酸は消化器系から吸収される。消化器系は静脈血性なので、そこで呼吸酵素はブロックされ、循環するから血液も死斑も暗赤褐色である。消化器系からの出血は吐血といい、暗赤褐色であるのと同じ理屈である。

同じ青酸化合物でも、ガスを呼吸器系に吸引するか、粉末を消化器系に服用するか、その違いによって、血液色調が違ってくることを、この体験から知ることができた。日本もドイツの法医学書も、間違っていなかった。違いの解明がなされていなかっただけである。

カプセル服用

かつて飲みにくい薬剤は、オブラートに包み服用していたが、現在はカプセル使用に変わってきた。このカプセルが犯罪に悪用され出した。

青酸化合物などを服用する場合、猛毒で即効性があり刺激が強いので、口に入れるとすぐ異状に気付かれるから、カプセルに封入し、毒殺する事例が出てきた。

解剖すると、蒼白な胃粘膜は真っ赤に糜爛《びらん》（死後変化と見誤ることがある）し、眼には見えないが、青酸ガスが発生しているので、執刀医がこれを吸い、軽い頭痛を覚えることもあり、青酸化合物であることが分かる。しかし近年、青酸化合物中毒死は極めて少ないので、解剖経験のないドクターが増えているのだろう、解剖しても青酸に気付かず見逃されているケースがある。

簡単な検査法としてシェーンバイン反応（青酸予備試験）がある。試験紙を近づけると青酸化合物であれば、直ちに試験紙は青色に変色する（陽性）。しかし青酸化合物でなくても、試験紙を5、6分空気中に放置すると淡青色に変色してくる。これを見誤ってはならない。

シェーンバイン反応は予備試験であるから、陽性の場合は確認試験をして、決定しなければならない。

70代の男性がバイク運転中に転倒し、病院に収容されたが間に合わず亡くなった。外傷も見当たらず、目撃者もいないので、単独事故とされた。しかし念のため司法解剖したところ、外傷も病変もないので、致死性不整脈（病死）と診断された。

それから2年後、67歳の女性Kと結婚して間もない75歳の夫が、自宅で倒れた。病死と思われていたが元気な人の突然死なので司法解剖したところ、青酸化合物中毒死で、妻Kによる他殺であることが分かった。

さらに、2年前、バイク事故死した男も、Kと親しい仲であったことが分かり、県警は疑問に思って、解剖した大学に保存されていた血液や臓器などを精査したところ、青酸化合物が検出された。致死性不整脈（病死）ではなく、青酸化合物中毒死であったのだ。解剖までしているのに、間違った診断をしていたのである。

なぜこんなことが起こったのか。それは前述の通り、青酸化合物中毒死の解剖をしたことのないドクターが増えているのも1つの原因であろう。またもう1つ、交通事故という先入観が、災いしていたのかもしれない。

Kの供述によれば、その男性はバイク事故を起こす30分前に、Kが栄養剤だと言ったカプセルを服用し、その後バイクを運転し、2キロメートルほど離れた路上で倒れたのである。カプセルを使い青酸の吸収を遅らせ、時間も距離も離れ、Kとは無縁の場所での死亡であった。

このように、毒物は独り歩きをすることが多いので、注意しなければならない。考えれば恐ろしい事件であったが、これを見破った警察は見事であった。

一酸化炭素

かつて家庭用の燃料は石炭ガス（水素、メタン、一酸化炭素を含む）が主流であった。そのガスを燃焼させず生で放出吸引し、一酸化炭素中毒で自殺するケースが多かった。

赤血球と一酸化炭素の結合（CO－Hb）は、酸素との結合（O_2－Hb）よりも200倍以上も強いと言われている。CO－Hbは鮮紅色になるので、血液も死斑も鮮紅色を呈するのが特徴である。

中毒すると初めは頭痛を覚え、めまい、悪心、嘔吐《おうと》、脈拍増加、呼吸促進などがあり、やがて知覚障害、運動障害、昏睡となって死に至る（図36、また第6講、第18講参照）。

近年の家庭用燃料ガスは都市ガス（天然ガス）になり、またプロパンガス（プロパンとブタンを混入したガス）の使用も増えている。生ガスを吸うと、中毒死するというよりも、生ガスは空気よりも重いので、空気は上に、下の床面にプロパンガスが蓄積し、酸素欠乏になって死亡する。あるいは爆発火災になることもある。

石炭ガスとプロパンガス

中年の女性が居間でガスの元栓を開放し、自殺したという。

検死すると死斑は暗赤紫色で、一酸化炭素特有の鮮紅色ではない。顔はややうっ血し、眼瞼結膜《がんけんけつまく》に粟粒大《ぞくりゅうだい》の溢血点《いっけってん》が数個認められ、頸部《けいぶ》には索条様《さくじょう》の淡赤色の皮下出血がかすかに見られる。

事件はあっけなく解決した。ガスはプロパンガスで、しかも暑い季節であったから、窓は半開きで空気の流通があって、中毒する状況ではなかった。中年の女性を酔わせて

図36　血中CO-Hb飽和度と中毒症状との関係

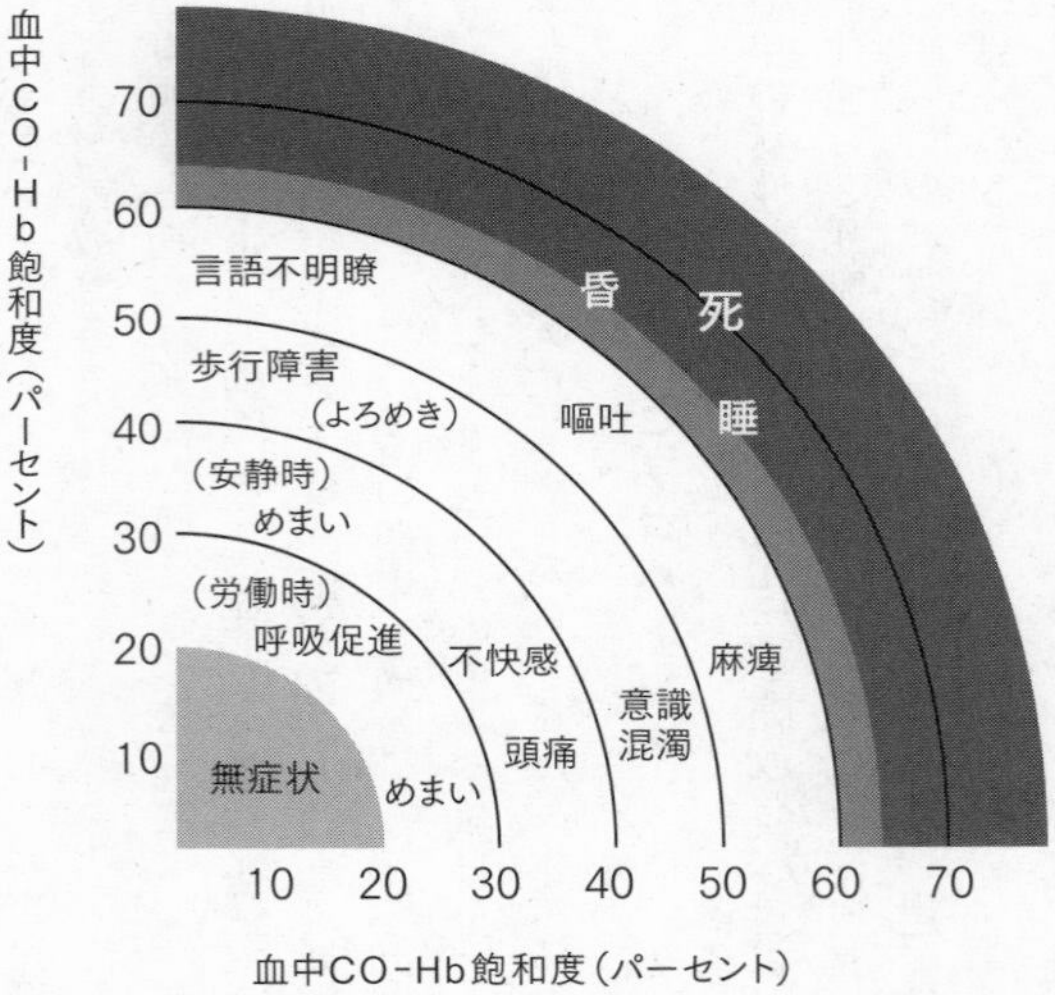

眠ったところをタオルで首を絞め殺害し、石炭ガス自殺を偽装したのであった。石炭ガスとプロパンガスの違いも知らない若い女性の犯行であり、男を巡る女の争いであった。

練炭ガス

室内で練炭火鉢を使用すると、一酸化炭素を多量に発生するので、換気を怠ると中毒する。

また、車内でこれを燃焼させての自殺や他殺もあり、さらに自動車の排気ガスを車内に送り込んでの自殺や他殺もある。

このような場合は、血中一酸化炭素の検査だけでなく、同時にアルコールや睡眠導入剤などの検査も行う必要がある。

有機燐《りん》系化合物（サリン・農薬など）

有機燐系化合物は、最初ドイツで化学兵器（毒ガス）として開発された。これがサリンである。第2次世界大戦後にこれを改良し農薬としてパラチオン、ホリドールなど、乳剤、粉剤、水和剤として市販された。

また殺虫剤として散布し効果的だったので大量に使用されたが、この殺虫剤は皮膚からでも経口的でも経気道的でも人体に吸収され、悪影響を及ぼすので、現在では製造中止になっている。

少量でも頭痛、めまい、発汗、悪心、嘔吐、流涎《りゅうぜん》（よだれを流すこと）などを起こす。これは副交感神経刺激症状の現れで、強く作用すると徐脈、心拍動低下、血圧低下、筋力減弱し呼吸筋麻痺《まひ》、縮瞳して死亡する。通常の死亡では神経が麻痺するので、瞳孔は散大する。したがって散瞳は死の兆候の1つとされているが、有機燐系農薬の中毒死だけは、副交感神経刺激によって急死するため、縮瞳しているのである。

つまり縮瞳しているから、ほかの死因と簡単に区別することができるのである。

農薬による殺人事件

町はずれの一軒家は行商人らが縁側を借りて昼食をとる習慣になっていた。その家の主婦が食事中の行商人に漬物とお茶を出した。間もなく行商人は苦しんで失神した。病院に収容されたが間に合わなかった。脳出血と診断された。

同じように1か月の間に3人もの行商人らが、その家の縁側で急死した。不審に思った県警は、3人目に変死事件として捜査を行った。

問い詰められた主婦は自白した。ホリドール乳剤を食物に混ぜ中毒死させた後、金銭を奪ってから、医師に通報していたのであった。

それにしてもドクターは死亡の確認をするのに、瞳孔の観察をしていなかったのだろうか。縮瞳した死体は有機燐系中毒死以外にはない。それを知らなくても、瞳孔が縮小した異常な死体に、不審を感じなかったのであろうか。

サリン事件

平成6(1994)年6月27日、松本市内の住民約600人が突然、頭痛、視力障害(縮瞳)、呼吸困難を生じ、8人が死亡した。

さらに平成7年3月20日、朝の通勤ラッシュに東京の霞が関を通る営団地下鉄の車内でサリンが散布され、約5000人が異常を訴え11人が死亡した。

この2つの事件はオウム真理教によるサリン事件であった。彼らはこの猛毒物を製造し、公共の場で無差別に使用したのである。

除草剤

グラモキソンとして市販されている。服用すると、口腔内びらん、嘔吐、腹痛など消化器系の症状を示す。2、3日後に、乏尿、腎不全、肝臓障害(黄疸《おうだん》)などを出現し、大脳の血管周囲の小出血を生じ4、5日後に死亡する。

服毒後、短時間で死亡することは少ない。

第23講 酒は百薬の長か（中毒篇・その3）

酒は人生を明るくするが、酒に睡眠剤や毒物を混入して昏睡状態にして殺害する事例は言うに及ばず、酒自体も毒物になりうる。常習的な飲酒は、心臓を萎縮させ、やがてアルコール心筋症を引き起こす要因となる。あまり飲まない人も注意が必要だ。

酒に強い人、弱い人

酒は百薬の長と言われているが、飲み方によっては毒薬になることもある。

酒に強いか弱いかは生まれつきの親譲りで決まっている。

それは細胞のミトコンドリア由来のアセトアルデヒド脱水素酵素（アルコール分解酵素）の活性が弱い人は、アルコールを肝臓で分解できず、血中にアルデヒドが出回る。これが酔いの症状を作り出す。

この人が多量飲酒するとアルコールの直接作用で、急性アルコール中毒症となり、死亡することもある。しかし活性の強い人は肝臓でアルコールをアルデヒドに分解した後、さらに酢酸と水に分解するので酔わない。

そのうちに酒のうまさを知り、3合以上の飲酒を連日長年続けていると、脂肪肝(慢性アルコール中毒症、アルコール依存症)になり肝機能は低下する。そのとき飲酒をやめて治療をすれば、脂肪肝は回復するが、治療せず飲酒を続けると肝硬変になって、肝組織が瘢痕《はんこん》状態になり硬くなるので、治療しても治らなくなってしまう(図37参照)。

肝硬変になると、肝臓を通って流れる消化器系の血管が圧迫され、血流が悪くなるため、血液はバイパスである食道静脈を通るが、細い食道静脈に大量の血液が流れてしまう。

そうなると、横隔膜通過部位は狭くくびれているので、食道静脈瘤《しょくどうじょうみゃくりゅう》が形成される。その食道静脈瘤が破裂すると、大量の静脈血を吐血して死の危険にさらされる。これが肝硬変に見られる食道静脈瘤破裂による吐血である。

また、男性の体内の女性ホルモンは、肝機能が正常であれば分解されるが、肝硬変になると分解ができず、女性ホルモンが増加して睾丸《こうがん》は萎縮しインポテンツになり、陰毛は女性化陰毛になる(男性は陰毛は臍《へそ》部に向かって生え上っているが、女性は下腹部で横一線になっている)。

さらに女性化乳房になったり、骨粗鬆症《こつそしょうしょう》やアルコール心筋症を併発し、50代で死亡するケースが多い。

いくら酒好きでも、連日の飲酒はやめ、休肝日をつくれば脂肪肝にならずにすむ。

酒好きだからと言って、飲み続けていると依存症になってしまう。飲まずにはいられないから、家族に迷惑がかかる。

「飲むな。やめろ」と説教されるが、やめられないのでトラブルに発展し、妻に暴力を振るうようになる。

酒乱の夫

ある夏のことである。帰宅した夫は冷蔵庫からビールを取り出し、コップに注ぎ一気に飲み干した。フーと大きく息を吐き満足したかと思いきや、ウーと唸《うな》ってばったりと床に倒れた。ビール瓶も倒れた。

様子がおかしいので妻はすぐ救急車を呼び、意識不明の夫を病院に収容した。ドクターは「どうしましたか」と、付添った妻に様子を尋ねながら、聴診器を胸に当てた。

「普段、血圧が高いので近くの医者にかかり、薬を飲んでいました。酒好きなのであまり飲まないようにと言われていましたが、今日は暑かったので冷えたビールを飲んだようです」と説明した。

「そうですか。しかし残念ですが、間に合いませんでしたね。亡くなられています」

「え？」と言いながら妻は、夫の額や手に触り「温かいです。何とかしてください」と慌てている。

図37　酒に強い人、弱い人

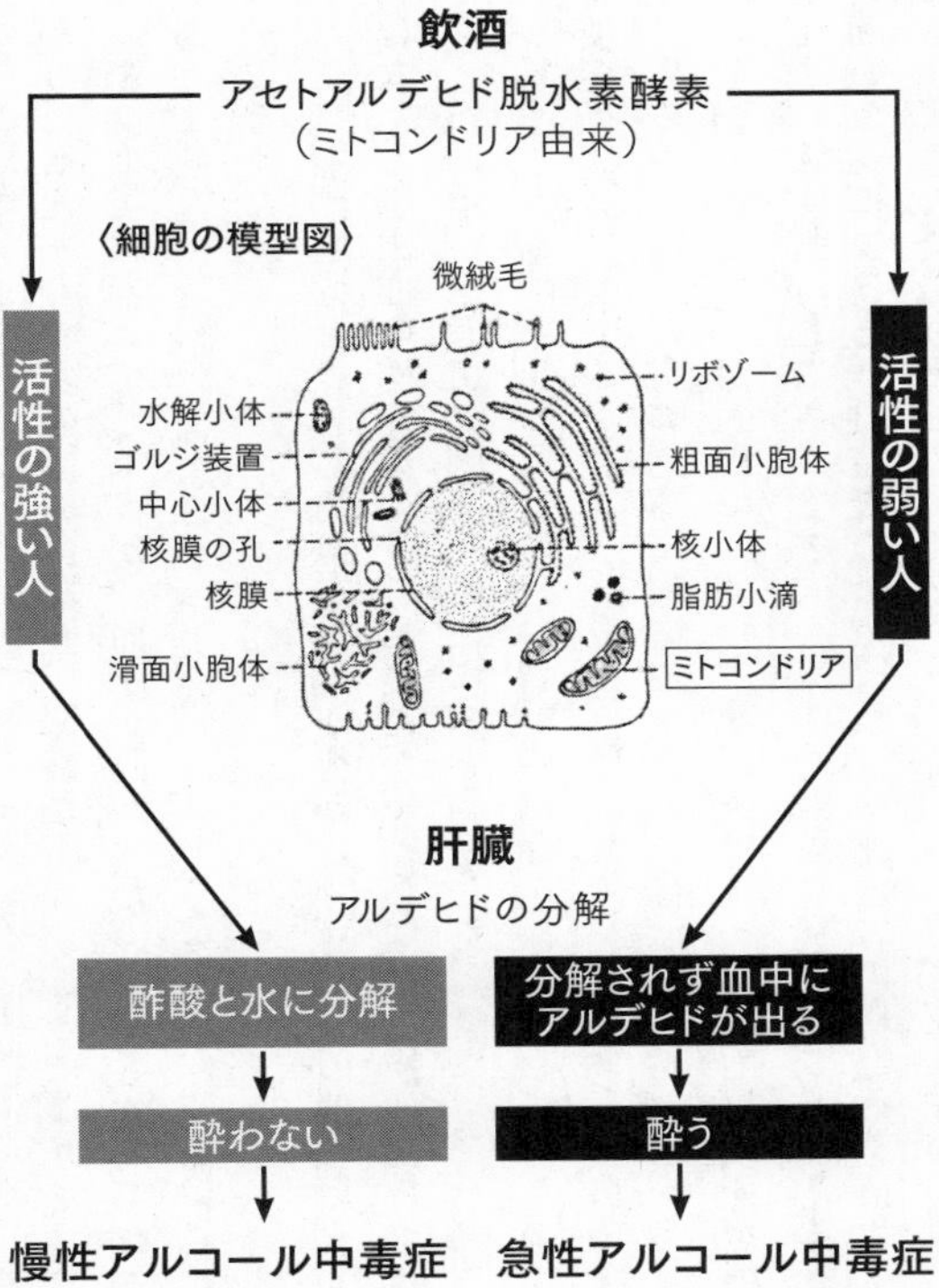

そのほかエタノールの直接作用として、脳に作用が強く
出る人、出ない人の差も考えられる

ドクターは強心剤を注射しながら心臓マッサージを試みたが、蘇《よみがえ》ることはなかった。

「来院された時は死亡状態だったし、初診の患者が急死されているので、死亡の原因は全く分かりませんから、変死扱いになり、警察に届けることになります」と説明した。

妻は「脳溢血《のういっけつ》ではないでしょうか。血圧が高かったので薬も飲んでいます。脳溢血に間違いありません。警察には届けないでほしい」とドクターに懇願した。しかし結局、変死扱いになった。

東京都では警察官立会いで監察医の検死が行われる。警察の捜査によっても妻の説明に不審はなく、脳出血の病死のようであったが、監察医は、検死だけでは死因は分からないから、行政解剖をして死因を明確にすると判断した。

翌日、監察医務院で解剖が行われた。胃粘膜は赤色に糜爛《びらん》していたので、執刀医はすぐに青酸予備試験（シェーンバイン反応）を試みたところ陽性だったので、さらに化学検査室で胃内容と血液の青酸確認試験をすることにした。

青酸化合物であることが明白になった。執刀医はさっそく前日検死を担当した監察医に連絡した。その監察医はすぐ警察に、病死ではなく青酸であることを伝えた。

後日聞いた話によると、再捜査のため警察官が死亡者の自宅へ急行すると、7～8人の男たちが集って酒盛りをしていたという。韓国の人で、友人知人が集って酒を酌み交わし、死を悔やんでいたのであった。

さっそく人払いをして酒瓶、ビール瓶、コップなどを押収して、青酸反応を行ったところ、1本の空のビール瓶から青酸反応が陽性に出た。

厳しく妻を尋問したところ、夫はアルコール依存症で、酔うと暴力を振るう酒乱だったので、懲らしめるためにビールの中に青酸カリの白い粉を入れたと供述した。夫が倒れた際、ビール瓶も倒れ中身も流れ出て空になったから良かったが、もしも倒れずビールが残っていたら、もう1人犠牲者が出ていたかもしれない。

この事件は殺人事件として扱われることになった。日常的な飲み物である酒に仕込んだ毒薬。卑怯、卑劣なやり方に憤りを覚える。

アルコールと心臓

私は昭和40年頃監察医時代、アルコール依存症の心筋に及ぼす影響について調査し、興味ある知見を得た。

それは若い頃から酒をあまり飲まない人が高齢になると、心臓は誰でも肥大気味になってくる。また心臓の栄養血管である冠状動脈に硬化が現れると、血流が阻害されて心筋梗塞になりやすい状態になってくる。逆に、若い頃から酒を好み3合以上の飲酒を続けながら高齢になると、肥大するはずの心臓はなぜか萎縮してくる。そのため冠状動脈は蛇行状態になる。しかし冠状動脈に硬化はなく血流の阻害もないが、なぜか心筋は酸

図38　アルコール摂取によって心臓に起きるリスク

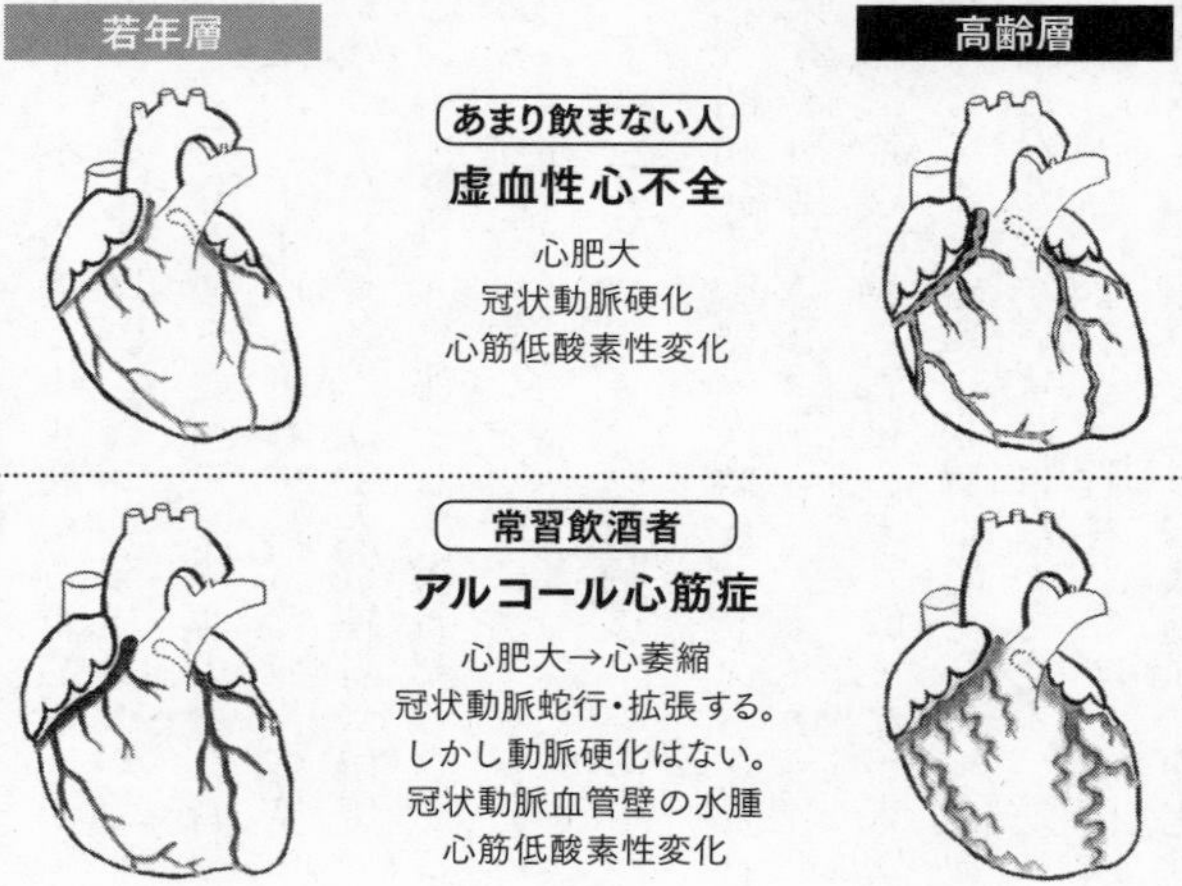

素不足になって萎縮している。おかしな現象に突き当たった。

冠状動脈硬化がないのに、なぜこのような状態になるのか、種々検討した結果分かったことは、アルコール依存症になると、冠状動脈の血管壁に強い水腫が生じ、血中の酸素や栄養分を心筋組織に与えることができなくなってくる。つまり水腫は動脈硬化と同じ作用をしているのである。これがアルコール心筋症を引き起こす要因と考えた(図38)。

飲酒は適量(晩酌1、2合以内)であれば百薬の長であるが、度を越すと毒薬になってしまう。肝に銘ずるべきである。

看護師4人組の凶悪犯罪

酒気帯び運転は、法律上はもちろん、常識的にも許されるものではない。

血中アルコール濃度と症状は、図39の通りであるが、酒気帯び運転として呼気1リットル中に0・15ミリグラム以上は違法とされている。私どもの実験では、ほろ酔い運転でもスピードを出しハンドル操作が大胆になり、事故の危険性は高まるので、少量でも酒気帯び運転はやってはならない。また、飲酒絡みの犯罪も多く、最近では酒に睡眠導入剤などを溶かして飲ませ、眠らせて抵抗不能状態にしての犯罪もある。

40代の看護師仲間4人が、医学知識を駆使した前代未聞の凶悪な事件を起こした。

その中に、結婚したが子供がなく、夫と別居中の看護師が2人いた。そのうちの1人の夫に生命保険を掛けて殺そうとリーダー格が提案し、話はまとまった。ビールに睡眠導入剤を混入し眠らせ、医療用チューブを胃に挿入し、ウィスキーボトル1本分を注入した。急性アルコール中毒で死亡させようとしたが、泥酔状態になったものの酒に強いせいか死に至らなかった。そこで4人は空気を静脈に注射した。間もなく症状は急変し、病院に収容したが間に合わなかった。監察医制度のない地域であったが、変死として検死することになった。

4人は、多量飲酒で意識不明になったので、懸命に治療したことを警察官と検死医に

図39　血中アルコール濃度と症状

酩酊度	血中濃度ミリグラム／ミリリットル	症状
弱度酩酊	0.5～1.0	**微酔**　顔面潮紅、発汗、尿量増加、血圧体温の軽度上昇
軽度酩酊	1.0～1.5	**発揚期**　顔面潮紅の増強、多弁、多動、感情爽快、手指振顫《しんせん》、人格はほとんど正常に保たれている
中等度酩酊	1.5～2.5	**興奮期**　興奮麻酔症状の出現、人により顔面蒼白、多動なるも軽度の運動失調、歩行蹣跚《まんさん》、言語不明瞭、気分は動揺しやすく刺激性となる、意味もなく泣き笑い怒る、体温、血圧の下降、呼吸促迫、肺活量減少、自発性ニスタグムス（眼球振盪《しんとう》）
強度酩酊	2.5～3.5	**麻痺期**　顔面蒼白、冷汗、悪心、嘔吐、歩行不能、意識混濁、容易に睡眠に陥る、瞳孔《どうこう》散大、対光反射欠如、呼吸は深く緩徐《かんじょ》、血圧の下降、体温の下降
死の危険	3.5～5.0	昏睡、呼吸麻痺、急性心臓衰弱にて死に至る

※実際には、人により、時により、また飲んだ酒類のアルコール含量、飲用量、飲用速度及び身体の条件いかんにより、血中濃度は必ずしも常に同一程度とは限らないし、血中濃度は同一であっても、いわゆる酩酊状態が同一とはならないことに注意する必要がある。

説明した。しかし検死医は死因が分からないからとCTスキャンを取った。脳の血管に空気が入っているのを確認したのだが、なぜか多量飲酒による急性心不全と診断した。4人は計画通り保険金を入手することができた。

それから1年後、リーダー格の看護師がもう1人の別居中の看護師に、夫殺しを持ちかけた。前回同様4人は協力し、同じ手口で実行した。昏睡状態になったが、なかなか死なない。前回は空気を注射したらCTスキャンで発見されそうになったので、今度は水を静脈注射した。症状が悪化したので病院に収容した。酒臭いので、ドクターは泥酔で嘔吐《おうと》し、吐物を吸引した誤嚥性肺炎《ごえんせいはいえん》と診断した。前回同様4人は保険金を入手した。

それから3年後、保険金の配分からトラブルになり、事件が発覚して全貌が分かった。酒に睡眠導入剤を混入し、本人を抗拒不能にした後、医療技術を悪用し完全犯罪を実行しようとしたのである。

人の命をサポートするのが医療人の使命である。あってはならない医療人の専門技術を悪用した犯罪である。コメントのしようもない最悪の事件であった。

第24講 砒素、トリカブト……まだある毒物（中毒篇・その4）

平成10（1998）年、事件が世間を震撼させた。地域の夏祭りで振る舞われたカレーを食べ、腹痛と嘔吐、下痢を訴える人が続出、4人が死亡した。食中毒や青酸化合物混入が疑われたが、検出されたのは砒素。和歌山毒物カレー事件である。

砒素《ひそ》

砒素は無味無臭であるから、少量ずつ長期投与すると、誰にも知られず、しかも徐々に体力が衰え、あたかも病気のような経過をたどり死亡する。

あるいは胃腸障害や多発性神経炎を生じ、下肢の麻痺《まひ》が現れ、また皮膚には黒色調の色素沈着（砒素性黒色症）が出現したりして衰弱死するが、毒殺に気付かれることは少ないので、昔から砒素は毒薬の王様と言われ恐れられていた。

一度に多量投与すると腹痛、嘔吐《おうと》、下痢を繰り返して脱水状態となり、血圧は低下し、発疹や手足のしびれ、譫妄《せんもう》（軽度の意識混濁）から痙攣《けいれん》を起こし死亡する。

体内に入った砒素は肝臓、骨、爪、毛髪などに沈着し、一部は糞便や尿として排泄される。

現在、砒素の使用は、法律で厳しく規制されている。

カレー事件

平成10（1998）年7月25日、和歌山市で、市内の小さい地域の夏祭りに、主婦たちが集って夕食にカレーを振る舞うことになった。空き地にテントを張り、6時頃集まった人々に食べてもらった。その人たちが、間もなく「気持ちが悪い」と言い腹痛を訴えて嘔吐、下痢をし67人が救急車で病院に収容された。食中毒として治療されたが、翌日には4人が死亡した。

食べてすぐの食中毒はあり得ないので、県警は青酸予備試験を行ったところ、陽性だったので、青酸化合物中毒と発表した。治療は青酸化合物に切り変えられた。

死亡者4人は司法解剖され、死因はやはり青酸化合物と発表された。その最中、私はコメンテーターとしてTV局のスタッフと一緒に現地に入った。テントを張った空き地で、カレーを食べて嘔吐した人が多かったので、その辺りの地面を観察した。アリやハエなどの昆虫が死んでいるかと思ったが、見当たらなかった。青酸化合物ではないと思えたが、解剖した大学の発表に間違いがあるはずはないので、コメントは青酸化合物の話に終始した。

ところが、入院中の人々に発疹や手足のしびれが出て、赤血球、白血球、血小板の減少があるとの発表があった。

これは即効性の青酸化合物中毒とは、かなり異質の症状であるので、おかしいと思っていたら、1週間後、警察庁の科学警察研究所で分析し、亜砒酸を検出したと発表された。食中毒から青酸へ、そして砒素へとカレーの中身は変わって、警察も病院も、世間までもが大騒ぎになってしまった。

青酸予備試験は、陰性でも、5、6分試験紙を空中に放置すると青色に変色する（第22講参照）。これを青酸化合物と誤って判定したのではなかろうか。

容疑者は逮捕されたが、食中毒から青酸化合物へ、そして砒素へと二転三転し、死亡者4人、70人近い人々が治療を受けた。こんな事件が二度とあってはならない。

酸・アルカリ（腐蝕性毒物）

身体に接触して腐蝕作用を現す毒物で、塩酸、硫酸などの強酸また強アルカリなどは、工業用に広く使われ、入手も容易である。

自殺や事故もあるが、容貌を傷つける目的で顔に掛けたり、晴れ着に掛けるなどの犯罪がある。

経口的服用は刺激が強く、腐蝕するので飲みにくい。しかし、服用すれば激痛、嘔吐、粘膜糜爛《びらん》腐蝕し、胃穿孔《いせんこう》などを起こして苦悶する。呼吸困難、頻脈、チアノーゼ、虚脱状態となって悶絶し、2時間内外で死亡する。救急処置としては中和液で洗浄する。

硫化水素

硫黄を含む有機物の分解によって発生する気体で、腐卵様の悪臭が強い猛毒である。空気より重く、水に溶けやすい。

下水道溝や温泉などで中毒事故が起きている。頭痛、頻脈、血圧低下、意識不明、痙攣、呼吸麻痺で死亡する。血中硫化メトヘモグロビン（Ｍｅｔ‐Ｈｂ）を形成し、死斑《しはん》はどす黒い（暗赤紫色）色調である。

トリカブト

トリカブトという植物に含まれ、主成分はアコニチンという猛毒である。モルヒネやコカインと同じアルカロイド系の毒物で、中枢神経が侵され酩酊状態になり、皮膚や胃が焼けつくような感じになって痙攣を起こし、呼吸困難から窒息死する。

江戸時代は附子《ぶし》と言われ、暗殺などに使われていたが、その後、毒物の主役は青酸化合物に変わってきた。

ところが昭和61（１９８６）年、沖縄を旅行中の女性が多額の保険に加入し、急死した事件がトリカブトによる毒殺として発見されて以来、同様の事件が何件か続発している。

トリカブト事件

昭和61年、沖縄を旅行中の夫婦の妻が急死した。元気な人の突然死だったことから、検死後解剖することになった。病死と思われたが、血液、胃内容、尿の毒物検査を行ったところ陽性反応が出た。しかし、毒物の種類が分からない。

長い時間をかけて専門家による検査を行ったところ、トリカブト（アコニチン）であることが判明した。加えてフグ毒（テトロドトキシン）も一緒に検出された。

2つとも猛毒であるから、服用後、間もなく急死する。確実な「死」を工作したと思われた。しかし状況捜査によると、服用してから死亡までに2時間程度の長い経過があったという。辻褄《つじつま》の合わないやり方である。

服用から死亡するまでの時間が長ければ、犯行の実態は分かりにくくなる。そのためにカプセルを使用したのか。それにしてもカプセルが体内で2時間も溶けないはずはない。

担当した大学の法医学の医師は、トリカブトとフグ毒を混ぜ、動物実験をしたところ、猛毒であるべき2つの毒物は抑制し合って、発症が遅れるという意外な事実を知ったのであった。

夫は無罪を主張し、実験を加えた法医学鑑定によって、無期懲役の判決になった。容疑者は収監中、病死している。

麻薬

4種類に大別される。

①ケシ（阿片《あへん》、モルヒネ、ヘロイン、コデインなど）
②コカ葉（コカイン）
③大麻（マリファナ煙草）
④化学合成麻薬

これらを多量に摂取すると、反射消失、呼吸麻痺を起こして死亡する。医療上適量投与し鎮痛、鎮咳作用として活用されるが、乱用すると陶酔感などがあり、習慣性が強いので依存症になりやすい。尿から排出されるので尿検査をすればよい。

ヒロポン（覚醒剤）

眠気覚ましとして使われていたが、スポーツ選手の活動を上昇させるなどにも用いられた。疲労感が軽減し気分の高揚があるなどで、一般市民に乱用され、現在は違法薬物になっている。習慣性が強く、慢性中毒になると、幻視、幻聴、被害妄想などから殺人事件を起こすこともある。

代謝産物がアンフェタミン、メタンフェタミンとなって尿中に排泄される。排泄は1週間くらい持続する。

深川通り魔殺人事件

昭和56(1981)年6月白昼、通り魔殺人事件が発生した。犯人は、行きかう人々はすべて自分を攻撃してくる。そんな妄想から、襲われる前に打って出ようと、常々持参していた柳刃包丁で、通行人4人を刺殺した。慢性覚醒剤(ヒロポン)中毒の妄想であった。

シンナー

シンナーは無色透明揮発性の毒性のある有機溶剤で、塗料を溶かす際に用いられている。

主成分はトルエン、酢酸エチルキシレンなどである。

日本で流行のきっかけになったのは、収監中の人たちが作業中塗料の溶剤としてシンナーを使っていたからだ。タオルに染み込ませ、酒の代わりに、発散するシンナーを密かに吸っていたのである。初めは咽頭痛、吐き気、頭痛があったが酩酊状態になり気分爽快になるなどで、飲酒代わりの慰めにしていたのが、一般社会に波及したと言われている。

ＬＳＤ（強力な幻覚剤）

幻覚作用のほか不安感、恐怖感、恍惚感などがあり、事故や犯罪を起こしやすい状態になる。麻薬取締法が適用されている。

フグ毒

フグの卵巣や肝臓などに含まれるテトロドトキシンが、フグ毒である。手足のしびれから呼吸困難となり死亡する。

キノコ毒

ベニタケ類などの毒性は強いと言われるが、見分け方が難しい。下痢、吐き気、流涎《りゅうぜん》など副交感神経刺激症状が出現し、死亡すると言われている。

コラム③ 殺し屋の目的はだいたいひとつ

妻が夜遅く帰宅すると、台所の半開きのドアにロープをかけ、夫が首を吊っていた。すぐ119番に通報したが、間に合わなかった。県警の検視の結果は、首吊り自殺と判定された。

当時、妻はホステスをしており、常連客のSら4人と親しくしていた。その後、ひそかに進められていた県警の緻密な捜査によって、おかしな実態が明らかになる。妻とSら4人は、夫の保険金を目当てに偽装殺人を共謀した疑いが濃厚となったのである。

夫の死から2年後、妻とSら4人は逮捕された。夫と不仲になった妻から、相談を持ちかけられたSらは、夜、ひとりで寝ている夫を襲い、抵抗して暴れる体を押さえつけて、用意したロープに首をかけ、首吊り自殺したように工作したというのだ。

予定通り、妻は1億数千万円という保険金を受け取り、Sらに報酬として数千万円を渡している。しかし、Sらは金がなくなると妻のもとへやってきて、夫殺しをバラすぞと脅迫、揺すり続けたので、妻は行方をくらました。このような経緯が分かったものの、首吊りの現場を思い返せば、そもそも半開きのドアにロープをかけた首吊り自殺は、ロープが外れやすい非常に不安定な方法である。死を決意した人は、確実に死ぬことのできる手段を選ぶので、しっかりした柱などにロープを固定するのが普通である。しかも、高さ180センチのドアに、身長173センチの男性が首を吊れば、足は床に届くはずだ。とても自殺する人が選ぶやり方とは思えない。

検視した警察官らも、どうもおかしいと気付いたに違いない。ただその時点では、状況ははっきりと分からなかった。直ちに事件だと騒ぎ立てたら、犯人らは鳴りを潜めて隠れてしまうかもしれない。この場は一応自殺としておいて、その後の推移を見守ることにしたほうが、捜査上は得策だと考えたのではないだろうか。容疑者を泳がせておくのだ。あくまでも私の推理であるが、結果として真相が発覚し、事件は解決したのである。

繰り返される事件に学ぶ

死体所見のみならず、事件の現場状況をつぶさに観察することが極めて重要である。

とくに、背後関係を調べてみると、多額の保険金が支払われる生命保険に加入していた、といった事例は枚挙に暇がない。第11講で、オーストラリア・ケアンズの砂浜で若妻が溺死した事例を紹介した。このときも、夫が多額の生命保険金を請求した。結局、私の鑑定意見を知った夫は連絡が取れなくなり、行方をくらました。疑われる犯行は外国で起きたことであり、日本の警察の捜査が及ばなかったため、逮捕されることもなく野放しになっている。実にやりきれない事件であった。

ただ、これで終わりではなかった。後日、この話をあるテレビ局で放映したところ、警察から相談を受けた。担当した事案がなんとなく怪しいと疑いつつも、確証がないので踏み込めずにそのまま放置していたが、テレビ番組を観て、意を強くしたのだというふたりの刑事の訪問を受けることにした。

その事案とは、夫の浮気が原因で喧嘩が絶えない夫婦の話だ。やがて、夫は、妻に謝罪してよりを戻し、泳ぐことが好きな妻に、久しぶりに海水浴に行こうと誘った。しばらく泳いでいたが、浅瀬で妻がうつ伏せになって浮いているのを発見した夫は、すぐ救急車を呼び、妻は病院に収容、加療されたが、1日半後、意識不明のまま死亡した。

警察は司法解剖をすることにした。病院では、肺と胃にチューブを挿管し、溺水排除の救急処置をしている。そのため、解剖しても肺には溺死の所見はなくなっていた。水を吸引した肺には異常はなかったが、呼吸困難の時間が長かったため、病院の医師は低酸素性脳症と診断し、溺死事故とした。救急隊の話によると、胃と気管に挿管し溺水の排除をしたところ、その水の中には砂が少し混じっていた。病院のカルテにも同様の記載があった。

相談にきた刑事は、私の見解を後ろ盾に、自分たちが担当している事件を解決しようと考えたのだろう。つまり、溺れたとしても、砂が気管や胃に入ることはない、もしも入っていたとすれば、それは単純な溺死ではなく、浅瀬で砂地に顔を突っ込まれ、後頭部を手で押さえ付けられた殺人事件の可能性が大きい——。私の見解は、そのまま証拠書類として提出された。

それから数カ月後、夫は逮捕された。黙秘を続けているが、妻に謝罪して間もなく、夫婦で生命保険に加入したことが判明した。水難事故を装った殺人の疑惑は濃厚、と言わざるを得ない。

生きている人は嘘をつくが、死体は決して嘘をつかない。なぜならば、死亡直前の状態をからだに刻んだまま死亡するからだ。

法医学はそれを読み取っているのである。

第25講 元気な人の突然死（内因性急死篇）

俗に「腹上死」と言われる性行為中の突然死を、統計的に解析したことがある。男性に多く女性に少ない、男性は虚血性心不全（心筋梗塞など）、女性はくも膜下出血が多い、夫婦よりも愛人関係に多い……。様々な内因性の突然死を解説する。

内因性の突然死

医学の発展に伴い、我が国の健康管理は向上し、国民は早めに予防対策をするようになった。あるいは食生活の違いなどもあって、我が国は世界有数の長寿国になっている。誠に喜ばしい限りである。

しかし、外見上は健康で、しかも元気に活動している人が、突然急死するケースもある。このようなケースは、不審不安を伴う死亡のため、変死扱いになる。

変死は、東京都内では監察医制度になっているので、監察医が検死をする。それでも死因が分からなければ行政解剖することになっている。

大半は病死であるが、これを内因性急死と言う。その内訳は、虚血性心不全《きょけつせいしんふぜん》（心筋梗《しんきんこう》塞《そく》など）が最も多く6、7割を占め、次いで脳血管疾患（脳出血、くも膜下出血など）が2、3割、あとは呼吸器系疾患、消化器系疾患、その他の順になっている。

普段元気で仕事が忙しく、健康状態などかえりみることのない人に多い。これらの疾病は動脈硬化をベースにしているため、気が付かないうちに忍び寄ってくるので、病覚がないことが多い。

現代は予防医学が発達しているので、年1回の健康診断を受け、忍び寄る無自覚の疾病を早期に発見し、対応すれば長寿を全うすることができるのである。

性行為中の急死

セックスをするような元気な人が行為中に突然死するので、当然、変死扱いになる。一般的に「腹上死」などと言われているが、解剖すると、男は心筋梗塞、女はくも膜下出血であることが多い。

腹上死というのは俗語であって、死因あるいは診断名ではない。状況を現す言葉であり、死因、診断名は、医学用語の心筋梗塞、あるいはくも膜下出血ということになる。

昭和35（1960）年の監察医になりたての頃、性行為中の突然死を、続けて数例解剖した。

元気な人の突然死は、過激な運動中とか、電車に乗り遅れないようにと階段を駆け上った時などばかりではないことに気付き、性行為について調べてみることにした。

世界で最古の法医学書（1247年）と言われる『洗冤録《せんえんろく》』という本が中国にある。我が国では鎌倉時代である。驚きであった。その中に作過死《ツオグオスウ》という項目があり、

「凡男子作過太多精気耗尽脱死於婦人身上者。真偽不可不察真則陽不衰偽者則痿」

とある。読めないが意味は分かる。

「およそ男子の性行為が過度になると、精気をことごとく使い果たし、婦人の身の上で死亡することがある。真か偽りか見分けられないことはない。真の場合（腹上死）はペニスが衰えず勃起しているが、偽りの場合はすなわち萎縮している」

これを作過死として記録しているのである。しかし、これを読んで賛成することはできない。

若い男性には過淫の傾向があるだろうが、そのために死亡する者は少ないはずである。さらに作過死の場合は勃起したままで、偽りの場合は萎縮しているので区別することができるとあるが、それは間違いである。死ぬと神経系は麻痺《まひ》するので、萎縮してしまう。

しかし、教本として書き残している努力は称賛すべきである。

それはともかく、この文章の中から語源を見出すことができる。同じ中国でも旧満州地方では脱陽死《トンヤンスウ》と言い、朝鮮半島では腹上死（死於婦人身上者）と言われた。それが日本に伝わってきたものと思われる。

しかし台湾では、上馬風《シャンマーホン》（行為中の急死）と下馬風《エマーホン》（行為後の死亡）を区別し、両方を合わせて色風《シエクホン》と表現している。実態を理解した、誠に優雅な言葉である。

我が国では、腹上死という文字から、上馬風だけを言うものと理解されているが、学問上から言って、下馬風も含めなければならないのである。だから、女性が死亡したら腹下死か、などと言うが、それは実態を知らなすぎる表現なのである。

私は色風の概念に立って、昭和34（１９５９）年１月から昭和38（１９６３）年５月までの４年５か月間、東京都内で発生した変死者２万４６６５例の中から、内因性急死で、しかも行政解剖した５５５９例の中の性行為として状況の明らかなものの34例を選び、統計的観察を試み、昭和38年７月、日本法医学会に発表した。

こんな論文は世界で初めてであったので、多くの国の学者から論文がほしいと連絡があり、英文にして提供した。コピー機のない時代であったからだろう。

以来、我が国では週刊誌などに取り上げられ、私の主張とは違って、面白おかしく興味本位の記事になって発表されている。

論文の内容を要約すると、次のようなことである。

①男性に多く女性に少ない。
②男は虚血性心不全（心筋梗塞など）、女はくも膜下出血が多い。
③発生は春に多い。

図40　動脈硬化がある血管

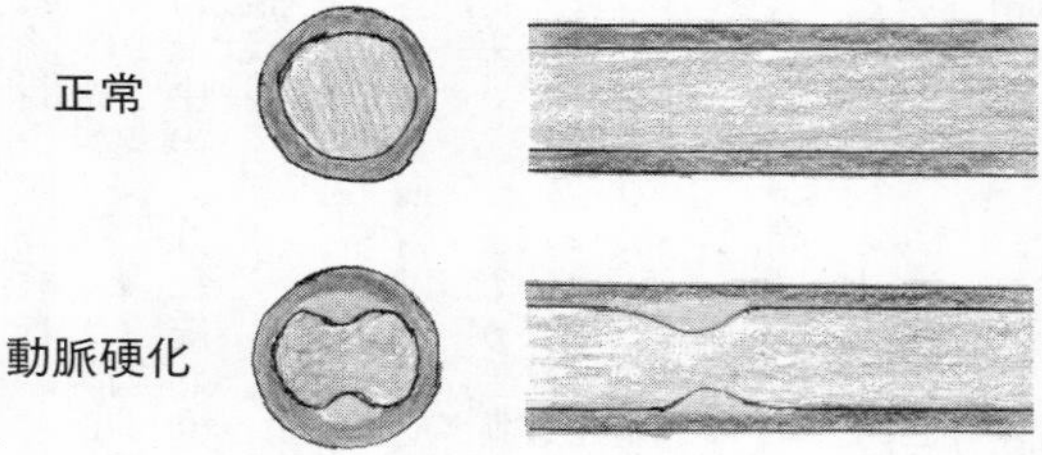

動脈硬化 コレステロール → 心臓肥大 高血圧症 → 心筋梗塞 脳出血

④自宅よりもラブホテルが多い（当時の住宅事情が今と違っていた）。

⑤夫婦間より愛人関係に多い。

⑥男女の年齢差は大きい傾向を示す。

⑦性交時から死亡までの時間は、心臓死では行為中、直後30分後、1時間後、あるいは眠りに入って間もなく発作を起こして急死する。くも膜下出血は行為中に発症・急死している。脳出血は行為中に発症し、死亡は数日後。

などであるが、時代とともに生活環境が変わってきているので、現在とはかなり違ってきているかもしれない。その後、これに関する発表はないので分からないのが残念である。

予防対策は、潜在的基礎疾患として動脈硬化が挙げられる。この動脈硬化は、高齢化に伴って忍び寄る疾患でもあるから、気付かぬうちにおかされていることが多い（図40参照）。

そのため、心筋梗塞（虚血性心不全）、心肥大、高血圧症になってくる。脳の変化としては、脳動脈硬化による脳出血、くも膜下出血（脳動脈瘤《のうどうみやくりゆう》）などが多い。

健康診断や血液検査をすれば動脈硬化は分かるので、血圧を下げて動脈硬化を防ぐ薬を服用するなどすれば予防することができ、長寿を全うすることは可能になっている。

性行為中の急死は終わりにして、内因死について論ずることとする。

❶心臓疾患

Ⅰ　虚血性心不全

心臓の栄養血管である冠状動脈の内膜下にコレステロールが沈着し、血管が狭窄《きようさく》、または閉塞する。これが動脈硬化である。

その支配領域の心筋は酸素と栄養が不足し組織は壊死を起こす。狭心症の発作や心筋梗塞などはこの状態を、虚血性心不全と言い、発作が強く起こると急死する。

Ⅱ　心嚢血腫《しんのうけつしゆ》（心タンポナーデ）

冠状動脈化が高度となり、心筋が壊死を起こして心筋が破れることがある。心臓は心嚢という厚い袋の中にあり、心破裂によって出血した血液は、心嚢の中に溜まる。溜まった血液によって心臓が圧迫されて、拍動できず急死する。これが心嚢血腫で、原因は冠状動脈硬化である。動脈硬化の早期発見、早期治療が必要なのである（図40、図41参照）。

図41　冠状動脈硬化による心嚢血腫

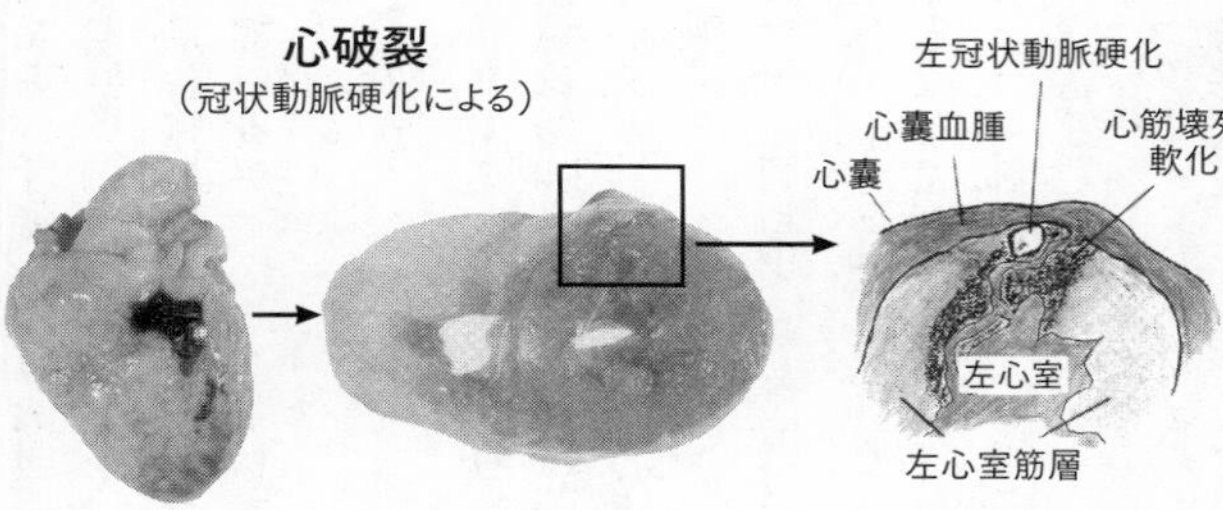

（心臓正面像）　（心破裂部の水平断面像）　（破裂部断面の図解）

左心室内の血液が破裂部から心嚢内に流出し、心嚢血腫を形成

Ⅲ　高血圧性心肥大

動脈硬化があると、血液の流れが渋滞気味になるので、これをスムーズに流そうとして、心臓は強く拍動するようになる。この状態が長く続くと、心臓は働きすぎて肥大し、血圧も高くなる。これが高血圧性心肥大である。

血圧が高い人は、早目に治療をして血圧を下げ、動脈硬化を予防すれば、肥大した心臓は元に戻り、長生きできるようになる。医学はすばらしく発展しているので早期発見、早期治療は大切である。

Ⅳ　剝離性大動脈瘤破裂《はくりせいだいどうみゃくりゅうはれつ》

大動脈壁にアテローム変性を起こし、無症状のうちに動脈瘤を作ることがある。やがて内膜が破れて中膜に血液が流れ出し、血管壁が剝離するのが、剝離性大動脈瘤破裂である。手術により大動脈を保護する手法もある。

Ⅴ　心筋炎

心筋炎は心内膜炎、リウマチ、ウイルス性疾患、そのほか中毒などに続発するとも言われているが、はっきりしていない。心筋に微細な炎症像が見られ、突然死することがある。

Ⅵ　脂肪心《しぼうしん》

肥っている人は皮下脂肪が多い。同様に、心筋の繊維内に脂肪組織が増加してくると、心重量は増加するが心筋は萎縮し、心拍出量も低下して心不全の状態になり、急死することがある。これが脂肪心である。

Ⅶ　肺性心

肺疾患（肺結核、肺気腫、肺線維症、気管支拡張症、気管支喘息など）が慢性的にあると、肺循環の流れが悪くなり、肺へ血液を送り出す右心室が肥大拡張した状態になって、心不全となって死亡するものを言う。

つまり、肺疾患のために心臓の負担が大きくなり、心不全を起こした状態を肺性心と言っている。

Ⅷ　その他

心臓弁膜症、心奇形などがある。

初老の男性が年1回の健康診断で、ドクターに総合検査報告書を手渡され「異常なし」と言われて、喜び勇んで帰宅中急死した。解剖したところ、虚血性心不全であったことが分かった。これは稀《まれ》なケースである。

❷脳血管疾患

I　くも膜下出血

脳の栄養血管は、内頸動脈と椎骨動脈で、この2本（左右を含めれば4本である）の動脈は脳底面のくも膜下で、脳底動脈輪（ロータリー状）をつくる。この血管の分布がスムーズでないと、脳底部の血管分岐部に小さい動脈瘤《どうみゃくりゅう》が形成されることがある（図42参照）。動脈瘤は無症状のまま大きくなることがあるので要注意である。

この脳底部の動脈瘤が徐々に大きくなると、ある日突然破裂して、脳の表面のくも膜下に出血を起こす。つまり脳底部のくも膜下に出血する。その範囲が大きくなると急死するが、小さい場合は激しい頭痛を伴うものの、やがて回復してくる。これらは病的（内因性）くも膜下出血である。

また、頭部に外力が作用し、脳挫傷と同時に脳表面分布の血管が破損すると、外傷性（外因性）くも膜下出血を生ずる。この場合は、脳底部の動脈瘤とは無関係で、脳挫傷部からの出血なので、内因性とは区別できる。

くも膜下出血が起こった場合、それが内因性であるか、外因性であるかの区別は、法

図42
大脳動脈輪（ウィリス動脈輪）（上）、動脈瘤が形成された様子（下）

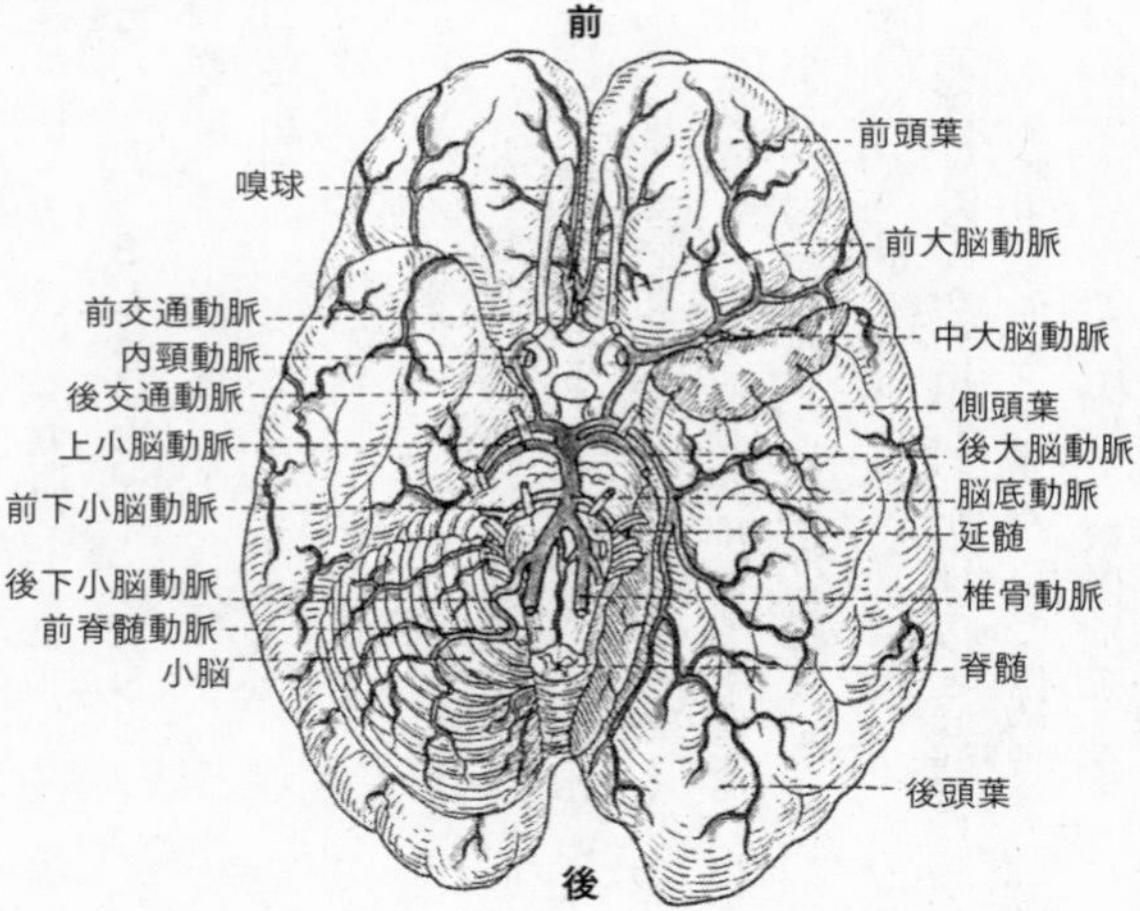

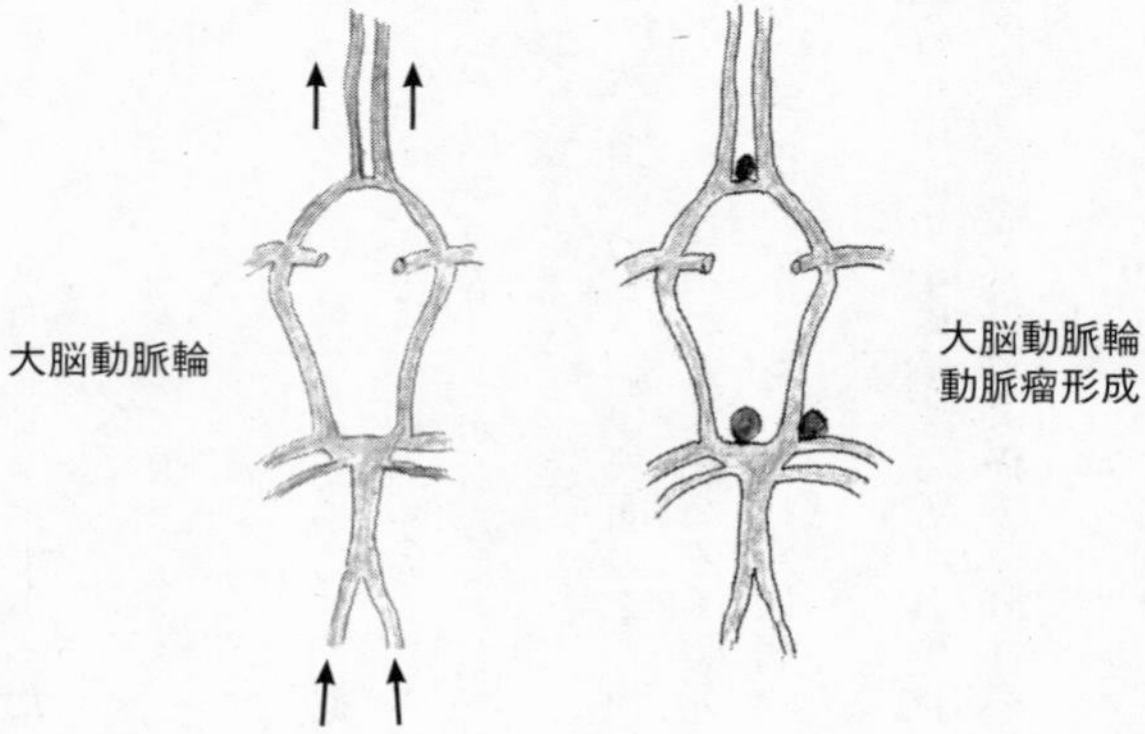

医学上、極めて重要である。解剖して精査しなければ分からないことが多いため、安易な説明をして後日取り返しのつかないトラブルになることもあるので、慎重に判断しなければならない（第14講参照）。

例えば、歩行中、路上に転倒した場合、解剖すると、転倒外傷として頭皮下の出血があり、脳にはくも膜下出血もあった。このような場合、歩行中、自転車にぶつかり転倒したことによる外傷性のくも膜下出血なのか、あるいは、外傷とは全く無縁で、病的発作のくも膜下出血を起こしたために転倒し、頭部を打撲し頭皮下の出血を起こしたのかを、区別しなければならない。

Ⅱ　脳出血

脳の内部の血管に動脈硬化や動脈瘤があり、これが破綻するのが脳出血である。外傷性（外因性）の脳挫傷は脳の皮質（外表面）に起こるが、内因性（病死）の脳出血は脳の内部（髄質）に出血する。出血部位によって症状は異なるが、意識消失は、内因性と外因性のどちらにも起こる必発症状である。

特に脳幹の出血は、心臓を動かし呼吸運動を行わせる自律神経の中枢であるから、小さい出血でも死の危険を伴う。それ以外の終脳の出血は、意識を失うが、部位によって症状の違いはあるものの、四肢の運動麻痺を残しながらも長期間生存することが可能である。

図43　終脳の出血、脳幹の出血、脳軟化症（脳梗塞）

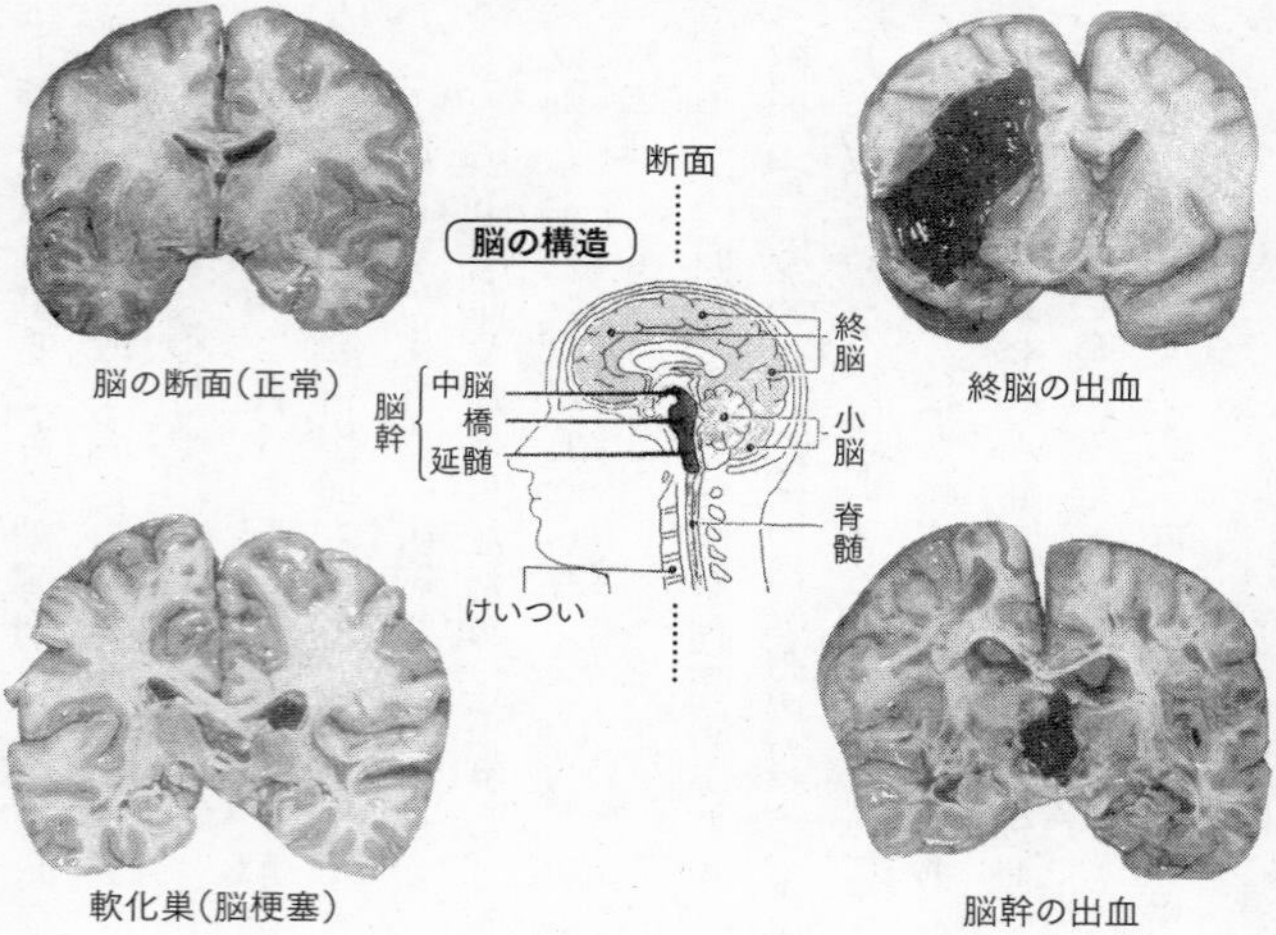

くも膜下出血は急死することがあるが、脳出血は死亡までに時間がかかり、急死することは少ない。

Ⅲ　脳梗塞と脳軟化症

脳動脈硬化、血管障害、血液性状の変化、あるいは血管内の血液が固まって、その小さな破片が脳の細い血管に詰まるのが脳血栓症で、脳障害や麻痺を起こす場合がある。

また、脳に出血はないが、血管が動脈硬化などで機能的に閉塞するのが脳梗塞で、その支配領域が壊死を起こしたのが脳軟化症である（図43参照）。

Ⅳ　髄膜炎《ずいまくえん》

脳を包む髄膜の炎症で、化膿菌、結核、ウイルス、流行性髄膜炎などがあり、乳幼児に多い。

症状は軽微であっても急死することがある。

Ⅴ　てんかん

大発作で急死することがある。あるいは発作で転倒して脳挫傷で死亡したり、入浴中に発作を起こして溺れることもある。

てんかんは、脳に器質的変化が見られないこともある。

❸呼吸器系疾患

Ⅰ　肺動脈血栓症（エコノミークラス症候群）

比較的栄養の良い人が長期間動かずにいて、急に動き出すと、大腿《だいたい》静脈などに生じていた血栓が、はがれて流れ出し、肺動脈に詰まって突然死することがある。手術後や分娩後などの病床中に多い。

また近年、航空機での長旅中に発症するケースが注目され、エコノミークラス症候群と言われるようになった。これが肺動脈血栓症である。著明なチアノーゼ、胸痛、呼吸困難などから急死する。

Ⅱ　肺炎

高齢者や乳幼児に多い。特に高齢者の場合は、無熱性肺炎（老人性肺炎）と言われ、熱はないが食欲はない。ただ水をほしがり、そのうちに死亡するので注意が必要である。

また近年は、抗生物質の耐性菌が増え、これに感染すると治療が困難であるため、死亡例が増加している。

Ⅲ　**気管支喘息**

気管支喘息は、吸息はできるが、細気管支の痙攣《けいれん》により呼息ができず、肺気腫となって急死する。また、治療薬の気管支拡張剤（エアゾール）の乱用なども注意しなければならない。

Ⅳ　**その他**

肺結核、肺癌《はいがん》などの病巣から出血（喀血《かっけつ》）し、気道閉塞から窒息することがある。また、肺気腫《はいきしゅ》などの疾患から、肺が破れて自然気胸（胸腔内に空気が充満し、肺が圧迫される状態）を起こして死亡することもある。喀血は動脈血性で鮮紅色《せんこうしょく》である。

❹消化器系疾患

Ⅰ　**肝硬変、食道静脈瘤破裂**

肝硬変から食道静脈瘤が形成され、悪化すると破裂して急死することがある。

Ⅱ　**胃十二指腸潰瘍、癌**

消化器系の出血は吐血《とけつ》と言い、静脈血であるから暗赤褐色《あんせつかっしょく》である。

Ⅲ　**穿孔性腹膜炎《せんこうせいふくまくえん》**

消化器系の癌や潰瘍などの出血（吐血）は静脈血性で、暗赤褐色である。

胃十二指腸潰瘍、癌あるいは虫垂炎《ちゅうすいえん》の穿孔から、腹膜炎を起こして急死することもある。

Ⅳ　その他

腸閉塞《ちょうへいそく》、腸捻転、上腸間膜動脈塞栓症、急性膜炎などによる急死もある。

❺泌尿器系疾患

Ⅰ　腎不全

尿排泄が悪くなり、腎不全から尿毒症を起こして急死することもある。その場合、人工透析の治療を受けていれば、変死扱いになることはない。

Ⅱ　圧挫症候群（Crush syndrome）

筋肉の挫滅が高度になると、筋組織からミオグロビンという毒素が発生し、遊離して血中に吸収され、腎臓で濾過されて尿となって排泄されるが、ミオグロビンが大量に発生した場合、腎の下位尿細管にミオグロビンが詰まって、尿生成ができず尿毒症となって死亡することがある。これを圧挫症候群と言っている。受傷後2週間以内に死亡することが多い。

入院治療中に死亡するから、医師は変死扱いにしないが、外力の作用で筋肉が挫滅しているので外因死（変死扱い）にしなければならない。

筋肉の挫滅は災害事故か、他為によるものなのか、医師には分からない。警察の公正な捜査によって決められるので、変死扱いになるのである。

❻婦人科疾患

卵巣囊腫《らんそうのうしゅ》の茎捻転《けいねんてん》によるショック死、あるいは子宮外妊娠部（卵管妊娠など）の破裂による腹腔内出血急死などもある。

❼乳幼児急死症候群

生後2週目から2年以内に起こると言われるが、生後2〜6か月が最も多い。母乳よりも人工栄養児に多く、うつ伏せに寝かせていたとか、吐乳吸引などの窒息も疑われるが、解剖しても、死因になるような明確な病変や変化はなく、一般的急死の所見を見るのみである。

呼吸障害による低酸素血症、あるいは脳神経系の機能不全なども考えられるが、確定的見解に至っていない。

元気な人の不審死

負債者の家へ取立人がやって来た。玄関先で問答になり声高になって、やがて1人が突然死した。2人の間にトラブルがあったと疑われ、変死扱いになった。検死後解剖したが外力が作用した痕跡はなく、心筋梗塞の発作であることが分かった。

同様のケースで多いのが、自動車運転中の事故である。スピードの出し過ぎでカーブを曲がり損ねて崖から転落死したり、あるいは対向車と衝突して死亡することなどがあり、単なる過失事故なのか、それとも病的発作による事故なのかを、明確にしなければならないケースがある。

それらを解剖すると、頭部に外傷があり、脳挫傷や、くも膜下出血がある。事故のための外傷性くも膜下出血なのか、それとも内因性のくも膜下出血が先にあって、意識を失ったために事故になったのか。その判断には大きな利害が伴うので、裁判になることがある。

事実はいつも1つである。公正な法医学的判断が求められるのである。

第26講 人はいかにして死ぬか（尊厳死、安楽死、終末医療篇）

あなたは、意識が戻らず、回復の見込みがない家族の人工呼吸器を外すことができるか。あなたは、苦痛に耐え切れず、「楽にして欲しい」と懇願する家族になにができるのか。あなたは、どうやって死にたいか――。人間の生と死を見つめ直す。

高齢社会の悩ましい問題

医学の発展に伴い、我が国の健康管理は向上している。健康診断の結果などから、早目に予防対策をするなどしているためか、世界有数の長寿国になっている。誠に喜ばしい限りである。

一方で、健康管理に無関心で、元気に仕事に専念している人もいる。しかし日常生活の中で、ある日突然発症し、急死するケースもあることを知るべきである。

急病死は、元気な人で病歴も分からないから、不審不安のある死に方として、変死扱いになる。

監察医制度のある東京都の統計によると、23区内で年間約1万3000体にも及ぶ変死者があり、その70パーセントは元気な人の突然死(急病死)である。次いで自殺14パーセント、災害事故死9パーセント、そのほかの順になっている。

　この急病死を疾患別に見ると、心疾患が60パーセントで最も多く、次いで脳血管疾患20パーセント、呼吸器系疾患4パーセント、消化器系疾患4パーセント、そのほかの順になっている。

　特に脳疾患の場合は、意識不明、昏睡状態で倒れても、救命術、延命術によって救助は可能であるが、日常生活ができるまで回復できるかというと、必ずしもそうとは限らない。言語障害、半身不随などを残すことが多く、最悪の場合は意識不明、昏睡状態が固定(植物状態)し、回復の見込みがないまま長期間生き続ける。そうなると、医療費を含め、家族には心身ともに負担が増大する。

　高齢社会に見られる、こうした実情は、もはや個人的問題ではなく、大きな社会問題としてクローズアップされている。追い込まれた家族は、尊厳死、安楽死など終末医療の在り方に直面し、苦悩しているのである。

　医療人はもちろんのこと、誰もが、より良い解決策を考えて見つけ出さなければならない。

　そこで尊厳死、安楽死などを含めた終末医療の在り方が問題になる。これについて、順番に述べることにする。

尊厳死（カレン事件）

昭和50（1975）年4月、米国ニュージャージー州で起こった事件である。

カレンさん（21歳女性）は友人のパーティーで酒と睡眠剤を多量に飲み、意識不明になった。

人工呼吸器をセットし、生命を保ってきたが、3か月経った頃、ドクターから「回復の見込みはない」と言われた。

両親は「不自然な方法で死を延ばすよりも、装置を外して、神の御心に任せたい」とドクターに頼んだが、医師の立場から、「それは死を意味する行為なのでできない」と拒否されてしまった。

両親は判断を裁判に求めた。地方裁判所の一審では、苦しんでも生きよと判断された。事故から7か月後、高等裁判所に訴えたが、二審の判決も一審同様、死の判定基準は医学的に脈拍、呼吸、脳波が生の状態である以上、装置の取り外しは殺人行為になるので、許可することはできない。親にカレンさんを死なせる権利はないとの判決であった。たとえ裁判所が許可したとしても、人工呼吸器を取り外す医師がいるだろうか。私は疑問に思った。

しかし1年後も同じ状態を続ける我が娘の生きざまを見ていた両親は、「死ぬ権利を娘に与えてほしい」。つまり娘の尊厳をもって死ぬ権利を認めてほしいと、最高裁判所に上告したのであった。

その結果、医師の同意があればという条件付きで、尊厳をもって死ぬ権利を求めていた父親の主張を認めて、装置は取り外されたのである。

最高裁判所の裁判官らは、専門の医師にカレンさんの病状について尋ね、勉強して、意識不明のまま生き続けている理由を詳しく理解したのではないかと私は思っている。なぜならば当時、脳死と植物状態の違いを知る人は少なかったからである。

第17講で銃創について説明した際に触れたが、大脳は脳幹（植物神経の中枢）と終脳（動物神経の中枢）に分けられる。

カレンさんは終脳にダメージを受けているので、意識は不明である。したがって寝たきりで、自由に食べ、喋《しゃべ》り、動くことはできない。しかし脳幹に障害はないので心拍動、呼吸はできる。自分で口を動かして食べることはできないものの、流動食を胃に流し込んでもらえれば、消化吸収はできるので、そのような介助があれば生き続けられる。だが、大小便は垂れ流しである。このように、終脳にダメージを受けた状態を植物状態と言うのである。

脳死は脳幹にダメージを受けた場合を言うので、心拍動、呼吸、消化吸収などの指令が出なくなるから、機械や薬で身体を生かし続けている状態である。

植物状態も、脳死状態も、意識不明の昏睡状態なので、外見上は区別はつかないが、専門家が検査をすればその区別は明らかである。

事件当時はそこまで詳しく分析されていなかったので、このような経過を辿ったのであろう。最高裁が、脳死と植物状態の区別を勉強し、カレンさんが植物状態であることを理解した上で判断をしたのは立派であった。すべての裁判がそうあってほしいと願っている。

脳死は医学的には、死んだ人を機械や薬で生かし続けている状態なので、2〜3週間後には機械にも薬にも反応せずに、死亡する。その脳死の期間に死を宣告し、臓器移植を行えば、新鮮な臓器を移植することができ、手術の成功率も高いので治療医学としては望ましい。

それはともかく、尊厳死を認められたカレンさんは、人工呼吸器を取り外されたが、その後10年間も生き続けたという。

生と死について、考えさせられる時代になってきた。

米国では多数の州で尊厳死が法制化されているという。

安楽死（Euthanasia）

カレン事件が発生する15年ほど前の昭和36（1961）年、愛知県名古屋市で、安楽死事件が起こっている。

病気で苦しみ、余命1週間と診断された父親（52歳）を見かねて、長男（24歳）が牛乳に農薬を入れて飲ませた。

一審は尊属殺人とされ、懲役3年6か月の判決になった（現在は尊属殺人は廃止されている）。

しかし控訴し、二審の名古屋高裁では、嘱託殺人とされ、懲役1年執行猶予3年になっている。

その時、名古屋高裁が示した安楽死の6条件は注目に値するので、以下に記述する。

1　不治の病で死が目前に迫っている（2人以上の医師の診断が必要）。
2　見るに忍びないほどの苦痛がある（冷静な医師の観察が必要）。
3　病人の苦しみの緩和が唯一の目的である（麻薬・睡眠剤などの使用）。
4　病人が意思を表明できる時は、その真剣な依頼があること（苦痛から逃れるための一時的詭弁《きべん》ではないか、家族の利害関係なども考慮する必要がある）。
5　原則として医師の手によること。
6　方法が倫理的にも妥当であること（絞死《こうし》、青酸化合物など苦痛を与えてはならない）。

この6条件は、「苦痛の多いゆっくりとした死を傍観するよりは、苦痛の少ない速やかな死に置き換えてやるほうが、より人道的ではないか。このような場合は、違法性は否定されるべきである」という考え方である。これが安楽死の定義とされた。

しかし本件は5、6の条件に適合しないので、安楽死とは言えないとの判決であった。私は5番目の条件に大きなショックを受けた。医師になり法医学を専攻し、物言わぬ死者の側に立って人権を擁護する立場にあったからである。しかも法医学の基礎的研究を終え、直接人の死を扱う実践法医学の現場である、東京都の監察医になったばかりであったから、医師はあくまでも人の命をサポートする立場にあると考えていた。安楽死とはいえ、死を与えなければならないのか。そんな医学はないはずだ。違法性はないかと言って、そんな大それた行為が医師とはいえ、できるはずはない——。医学に対する概念が根本から覆るような衝撃を受けた。まだ異議や反論を唱える世論もなかった。

安楽死を医療として受け入れなければならない時代になったのか、と医師として私は行き詰まってしまった。

医師による安楽死事件

愛知県名古屋市での事件があってから30年が過ぎたが、今度は医師による安楽死事件が起きてしまった。

平成3（1991）年、東海大学病院で多発性骨髄腫《たはっせいこつずいしゅ》（末期癌、58歳男性）で入院中、昏睡状態を続けている父親を見ていた長男が、主治医（38歳）に「早く楽にしてほしい」と繰り返し懇請した。

医師は塩化カリウムを注射し、死亡させた。安楽死事件であった。

医師は殺人罪で起訴されたが、殺人という犯意は了解しかねると否認し、法廷で争うことになった。

医師は患者のご家族の心情を思いやり、穏やかな死を願って注射したのであって、決して殺人と言われるような行為ではないと反論した。

しかし、4年後、横浜地裁は、医師に対して、安楽死について次の4要件を示した。

1　耐え難い肉体的苦痛がある。

2　死期が迫っている。

3　苦痛を除くため方法を尽くし、代替手段がない。

4　患者本人が安楽死を望む意思を明らかにしている。

その上で本件では、昏睡状態で痛みを感じていなかった。また家族は癌の告知を受けていなかった、などが指摘され、1と4の条件を満たしていないとの理由で、医師に懲役2年執行猶予2年の判決を言い渡したのである。「医師の手による」との表現はなかったので良かったが、結局は医師の手によって死が与えられることになってしまった。

新聞の解説によると、末期癌などの終末医療は、どの段階で、どのような手段で打ち切られるのか、その判定は患者の死の迎え方を選ぶ権利を容認した上で、医師による安楽死を大枠で認めることになるとの解釈であった。

どうしても死は医師の手を離れられないのかと思うと、複雑な気持ちになるし、死に対して一層の哲学的思考の深さや重要性を感じずにはいられない。

高度医療の発展に伴い、発生する終末医療の在り方をいかにすべきか、考えなければならない時期にきている。

終末医療

医学の目覚ましい発展と共に、救命術や延命術が高度になり、生命の維持は向上してきた。病に倒れても日常生活ができるまで回復できれば良いが、必ずしもそうなるとは限らない。意識不明で昏睡状態が固定し、回復の見込みがないまま長期間生き続ければ、医療費を含め家族の心身的負担は増大する。当然であるが、このジレンマを見逃すことはできない。実際の現場に立つのは医療人である。

気管内チューブ抜去事件

平成10（1998）年、神奈川県川崎市の病院で事件は起こった。喘息発作で心肺停止状態になって入院した男性患者に延命措置として、気管内にチューブを挿入して酸素吸入をする治療をしていた。しかしその後も症状は回復せず、意識不明の状態が持続していた。

医師は植物状態になる可能性が大きいと家族に説明していたが、入院してから14日目、家族の要請でチューブを抜いて延命措置を中止することになった。

チューブを抜去したところ、患者は苦しみ出したので、医師は筋弛緩剤を投与した。間もなく患者は死亡した。

このような経過であったが、医師は殺人罪で起訴された。この行為は殺人罪になるのだろうか。違うような気がした。

裁判になり、医師は、検察側に対して、

1　事実を誤認している。

2　医療の現場と司法に隔たりがある。

3　この医療行為は犯罪ではない。

4　患者側の要請で行ったので無罪である。

と主張した。その後、厚生労働省は平成19（2007）年5月に有識者会議を開き、ガイドラインを発表した。「適切な情報の提供と説明がなされ、それに基づいて患者が医療従事者と話し合い、患者本人による決定を基本とする。これが終末医療を進める上で、最も重要な原則である」

これらを踏まえて平成21（2009）年12月最高裁は医師に対して、延命中止は有罪と判定し、上告を棄却したため、二審判決の通り懲役1年6か月、執行猶予3年となった。

裁判所は気管内チューブを抜いたのは、許容される医療行為ではないとした。その理由は、

1 情報提供が十分ではなかった。
2 本人の意識が明らかではなかった。
3 医師の行為は厚生労働省のガイドラインに適合しない。
4 1人の医師の判断で治療中止を決めたことは不適切であった。
5 筋弛緩剤投与により死期を早めてはならない。

であった。現代医療の発展の中で、医療人はこのように重大な終末医療に直面しているのである。安易な判断は許されない。

なぜならば自分自身が患者になる場合もあり、患者の家族になる場合もある。また第

三者の場合もあるだろう。あるいは医療人としてその現場に立たされる場合もあるかもしれない。

命をサポートする医師が、死を与える立場に立たされる場合もある。いかにあるべきか、この終末医療の在り方は、誰もが考えなければならない問題であろう。

諸外国の対応

外国ではどのような考え方をしているのか、調べてみると、終末医療はもはや安楽死として容認している国もある。安楽死には当然のことながら賛否両論があるが、オランダ、ベルギー、ルクセンブルク、アメリカの4州では、違法性はないとして容認され、安楽死が実行されている。

その前提条件は、安楽死の定義に基づき、許容の条件に適合した場合に限るとしている。手段方法は積極的安楽死（医師が致死薬を投与し、患者に死をもたらす）か、医師による自殺幇助《ほうじょ》という消極的方法になっている。自殺幇助のやり方は、医師が睡眠剤を注射し、家族に見守られながら死を迎える安楽死である。

患者が死亡した後、医師は警察に届け出る義務があり、法律家、医師、学識経験者など専門家による安楽死審査会による審査を受けることになっている。

我が国では終末医療として安楽死は容認されていないが、しかし延命術を希望しない人が70パーセントと多いのも事実である。

生と死については、厳しい思想を持つ我が国も、長い論議の末、脳死と臓器移植を容認した時と同じように、この終末医療の在り方にも、やがて結論を出さねばならない日がやって来るのではないだろうか。

植物状態と脳死の違い

医療現場では救命術、延命術が高度に発展し、生命の維持が著しく向上し、簡単に死亡することがなくなった。しかし日常生活ができるまで回復するとは限らない。意識不明の昏睡状態が固定し、回復の見込みがないまま植物状態が長期にわたって持続し、生存することが可能になってきた。

その植物状態に加え、脳死（第17講参照）という状態もある。いずれも意識不明の昏睡状態を続けているので区別はつけ難い。

専門家による精密な検査で区別されるが、脳の解剖学的部位から見ると、その区別は明らかである。

すなわち終脳にダメージを受け、脳幹に異常のない場合は、植物状態と言い、生存可能である。

脳幹にダメージを受けて人工心肺器をセットし、生命維持を続けている期間を脳死と言っている。この脳死の期間中に臓器移植手術（提供者）が可能になった。見方、考え方によって、賛否はあるだろうが、医学の発展には驚嘆を覚える。

おわりに

最後に、法医学と監察医を取り巻く現状について、憂いを込めて申し上げたい。

私が勤務していた東京都監察医務院は、東京都の衛生局に属し、監察医は地方公務員である。正規の監察医は10名、あとの20名前後は嘱託監察医（大学の法医学の教授、助教授）で、週1回勤務だった。検死班（監察医、補佐、運転手の3名一組）が5班、解剖班（監察医、衛生検査技師、補佐3名の計5名一組）が3班に分かれ、警察と同様、年中無休で担当していた。

東京都23区内で発生した変死者（医師が経緯を見ていた病死〈内因死〉はその主治医が死亡診断書を発行できるが、それ以外の死亡、例えば元気な人の突然死や外因死〈自殺、他殺、災害事故死〉は全て変死扱いになる）は警察に届けられ、遺体は警察官立会いで監察医が検死をする。検死をしても死因がわからない場合は行政解剖して死因を明らかにする。これが監察医制度（死体解剖保存法第8条）である。つまり、不審や不安のある死者の人権を擁護する、実にすばらしい制度なのだが、全国制度になっていない。全国に5ヵ所あった監察医制度は、近年、横浜が廃止されたため、東京、名古屋、大阪、神戸の4ヵ所のみだ。

なぜか。まず、制度を維持するために不可欠な法医学を専攻する医師が足りない。予算も十分にない。

私は現役のときに担当した検死は2万体、うち解剖が5000体以上に及ぶ。在職期間30年で割れば、単純に年160体以上を解剖していたことになる、担当日によっては、都内だけで30体の変死体があり、それを分担していた。現在は、50体に及ぶこともあるといい、制度廃止直前の横浜市では、1年間で約1400体の解剖を、たったひとりの監察医が担当していたという。

このように監察医が激務であることは、この道に進むことを躊躇《ため》わせる要因のひとつになる。大学の医学部で法医学を専攻する学生は、年を追うごとに減少の一途を辿っている。学生の気持ちは分かる。医学を志したなら、生きている人間を救いたい。私自身、法医学の道を選んでから、「何をやっているんだ、早く臨床に戻ってこい」と散々言われたものだ。生きている人の命を救うことはできない、死体の専門医。私はこの仕事を誇りに思い、これまで50冊に及ぶ著書で法医学のおもしろさと意義を説いてきたつもりだが、法医学の道に進む人が増えることはなかった。残念である。

本書は、警察官向け月刊誌「BAN」に2年余にわたって連載した「法医学はおもしろい」に編集、加筆したものである。誌面で受けたインタビューが読者の警察官に好評だったことから、連載の依頼を受けた。警察官こそ死体の見方を知らなければ、事件の真相を見誤ると、かねてから考えていたので、これは渡りに船であった。いざまとめてみると、監察医を務めた30年と、退職後に再鑑定や評論家として活動した30年、この長い年月に培ってきた知識や経験の厚みを改めて痛感した。死体と直面する警察官のみならず、ふつうの読者の方々にも死をめぐる現場のことを知ってもらい、命の大切さに思いを致して欲しいと思うようになった。連載の終わりが見えてきた頃、いまだに読まれている私の処女作『死体は語る』（時事通信社刊、1989年。のち文春文庫）の版元である文藝春秋に声をかけ、書籍化が実現した。ここに、連載担当だった教育システム「BAN」編集部の曽田整子氏、書籍化を担当してくれた文藝春秋の瀬尾巧氏に感謝を捧げる。

あえて繰り返す。死後も「名医」にかかるべし。そのために、死体所見に精通した名医である法医学者が検死する制度を整えないといけない。法医学に興味を持ち、法医学の道を志す人が増えることを切に願ってやまない。

令和二年一月

上野 正彦

本書は、「月刊ＢＡＮ」（教育システム）二〇一六年十一月号～二〇一九年二月号に掲載された、「法医学はおもしろい」全二十八回を編集、加筆修正したものです。

本文レイアウト　征矢武
ＤＴＰ制作　エヴリ・シンク

文春文庫

死体《したい》は語《かた》る 2
上野博士《うえのはかせ》の法医学《ほういがく》ノート

定価はカバーに表示してあります

2020年2月10日　第1刷

著　者　上野正彦《うえのまさひこ》
発行者　花田朋子
発行所　株式会社 文藝春秋

東京都千代田区紀尾井町 3-23　〒102-8008
TEL 03・3265・1211(代)
文藝春秋ホームページ　http://www.bunshun.co.jp

落丁、乱丁本は、お手数ですが小社製作部宛お送り下さい。送料小社負担でお取替致します。

印刷製本・凸版印刷

Printed in Japan
ISBN978-4-16-791445-5

（　）内は解説者。品切の節はご容赦下さい。

一ノ瀬俊也
米軍が恐れた「卑怯な日本軍」
帝国陸軍戦法マニュアルのすべて
沖縄戦直後に作成された米兵向け小冊子「卑怯な日本軍」。そこには、さまざまな「卑怯な」実例が紹介されている。だがそうした策略には日中戦争が大きく影響していたのだ。（早坂　隆）
い-95-1

生島　淳
箱根駅伝
ナイン・ストーリーズ
どうして「箱根」は、泣けてしまうんだろう……。二〇一五年に初優勝した青山学院大学から駒澤、東洋、明治、山梨学院、早稲田まで。日本最大のスポーツイベント箱根駅伝の真実と、奇跡のストーリー。
い-98-1

飯島　勲
小泉官邸秘録
総理とは何か
五年半の間に多くの改革を成し遂げた小泉純一郎内閣で首席総理秘書官を務めた著者が、すべての内幕を書いた貴重な記録。リーダーシップとは何かがわかる一冊。（田﨑史郎）
い-101-1

上前淳一郎
複合大噴火
一七八三年、日本と欧州でほぼ同時に火山の大噴火が起き、大きな社会変動をもたらした。この事実は何を意味するのか？　現代の災害対策に鋭い問いを投げかける警告の書。（三上岳彦）
う-2-47

上野正彦
死体は語る
もの言わぬ死体は、決して嘘を言わない——。変死体を扱って三十余年の元監察医が綴る、数々のミステリアスな事件の真相。ドラマ化もされた法医学入門の大ベストセラー。（夏樹静子）
う-12-1

内田　樹・高橋源一郎　選
嘘みたいな本当の話
あらゆる場所の、あらゆる年齢の、あらゆる職業の語り手による信じられないほど多様な実話。一五〇〇通近く応募された中からよりすぐられたリアル・ショート・ストーリー一四九篇。
う-19-18

内田　樹・高橋源一郎　選
嘘みたいな本当の話　みどり
身近に起きた、小さな奇跡を集めた実話集第二弾。著名人の「嘘みたいな本当の話」も収録。極上の味わいを持ったショートストーリー。選者二人の文庫版まえがきとあとがきを新録。
う-19-22

（　）内は解説者。品切の節はご容赦下さい。

上原善広
日本の路地を旅する
中上健次はそこを「路地」と呼んだ。自身の出身地から中上健次の故郷まで日本全国五百以上の被差別部落を訪ね歩いた十三年間の記録。大宅壮一ノンフィクション賞受賞。（西村賢太）
う-29-1

上原善広
異邦人
世界の辺境を旅する
スペインの山間部の被差別民カゴ、ネパール奥地の不可触民の少女、戦渦のバグダッドで生きるロマ……迫害され続ける人々の魂に寄り添って描き出す、渾身のルポ。（麻木久仁子）
う-29-2

梅津有希子
ブラバン甲子園大研究
高校野球を100倍楽しむ
テレビ・ラジオで話題沸騰！　誰もが知る応援曲のルーツ探しから「逆転の魔曲」まで、吹奏楽マニアの視点で甲子園アルプス席の名門校を直撃取材。試合中継を爆音で聴きたくなる！
う-32-2

江藤　淳
閉された言語空間
占領軍の検閲と戦後日本
アメリカは日本の検閲をいかに準備し実行したか。眼に見える戦争は終ったが、アメリカの眼に見えない戦争、日本の思想と文化の殲滅戦が始った。一次史料による秘匿された検閲の全貌。
え-2-8

榎本まみ
督促ＯＬ　修行日記
日本一ツライ職場・督促コールセンターに勤める新卒の気弱なＯＬが、トホホな毎日を送りながらも、独自に編み出したノウハウで年間二千億円の債権を回収するまでの実録。（佐藤　優）
え-14-1

榎本まみ
督促ＯＬ　奮闘日記
ちょっとためになるお金の話
督促ＯＬという日本一辛い仕事をバネにし人間力・仕事力を磨くべく奮闘する著者が、借金についての基本的なノウハウを伝授。お役立ち情報、業界裏話的爆笑４コマ満載！（横山光昭）
え-14-2

奥野修司
ねじれた絆《きずな》
赤ちゃん取り違え事件の十七年
小学校入学直前の血液検査で、出生時に取り違えられたことが発覚。娘を交換しなければならなくなった二つの家族の絆、十七年の物語。文庫版書きおろし新章「若夏《うりずん》」を追加。（柳田邦男）
お-28-1

（　）内は解説者。品切の節はご容赦下さい。

奥野修司
ナツコ　沖縄密貿易の女王
米軍占領下の沖縄は、密貿易と闇商売が横行する不思議な自由を謳歌していた。そこに君臨した謎の女性、ナツコ。誰もがナツコに憧れていた。大宅賞に輝く力作。（与那原　恵）
お-28-2

奥野修司
心にナイフをしのばせて
息子を同級生に殺害された家族は地獄の苦しみの人生を過ごしていた。しかし、医療少年院を出て、「更生」した犯人の少年は弁護士となって世の中で活躍。被害者へ補償もせずに。（大澤孝征）
お-28-3

奥野修司
看取り先生の遺言
2000人以上を看取った、がん専門医の「往生伝」
「治らない患者さんのための専門医になる」決意をし緩和ケア医療に専心、がんで亡くなった医師の遺言の書。日本人が安らかに逝くために「臨床宗教師」の必要性を説く。（玄侑宗久）
お-28-5

沖浦和光《かずてる》
幻の漂泊民・サンカ
近代文明社会に背をむけ〈管理〉〈所有〉〈定住〉とは無縁の「山の民・サンカ」はいかに発生し、日本史の地底に消えていったか。積年の虚構を解体し実像に迫る白熱の民俗誌！（佐藤健二）
お-34-1

大月京子
ラブホテル裏物語
女性従業員が見た「密室の中の愛」
浴槽にぶちまけられた納豆、ベッドの脇に首輪をつけてたたずむ中年男性、入れ歯の忘れ物……。ラブホテル女性従業員が見てきた仰天カップルの実態と、裏稼業のじーんとくる話満載。
お-54-1

小野登志郎
怒羅権　ドラゴン
新宿歌舞伎町マフィア最新ファイル
中国残留孤児2世、3世を中心に組織された愚連隊、「怒羅権」。彼らは、日本の裏社会に深く静かに根を下ろしている。アウトローたちの野心と挫折を渾身の筆で描く。（城戸久枝）
お-61-1

小野一光
新版　家族喰い
尼崎連続変死事件の真相
63歳の女が、養子、内縁、監禁でファミリーを縛り上げ、死者11人となった尼崎連続変死事件。その全貌を描く傑作ノンフィクション！　新章「その後の『家族喰い』」収録。（永瀬隼介）
お-71-1

（　）内は解説者。品切の節はご容赦下さい。

小野一光
連続殺人犯
人は人を何故殺すのか？　面会室で、現場で、凶悪殺人犯10人に問い続けた衝撃作。『家族喰い』角田美代子ファミリーのその後、〝後妻業〟筧千佐子との面会など大幅増補。（重松　清）
お-71-2

大竹昭子
須賀敦子の旅路
ミラノ・ヴェネツィア・ローマ、そして東京
旅するように生きた須賀敦子の足跡を生前親交の深かった著者がたどり、その作品の核心に迫る。そして、初めて解き明かされる作家・須賀敦子を育んだ「空白の20年」。（福岡伸一）
お-74-1

大杉　漣
現《げん》場《ば》者《もん》
300の顔をもつ男
若き日に全てをかけた劇団・転形劇場の解散から、ピンク映画で初めて知った映像の世界、北野武監督との出会いまで――。現場で生ききった唯一無二の俳優の軌跡がここに。（大杉弘美）
お-75-1

河北新報社
河北新報のいちばん長い日
震災下の地元紙
あの震災は、仙台に本社を置く新聞社をも襲った。取材を続けた記者たち、倒壊した組版システム、被災者から浴びた罵声……彼らは何を思って新聞を出し続けたのか。（後藤正治）
か-65-1

梯　久美子
愛の顚末《てんまつ》
恋と死と文学と
三角関係、ストーカー、死の床の愛、夫婦の葛藤――小林多喜二、近松秋江、三浦綾子、中島敦、原民喜、中城ふみ子、寺田寅彦など、激しすぎる十二人の作家を深掘りする。（永田和宏）
か-68-2

唐澤平吉
花森安治の編集室
「暮しの手帖」ですごした日々
徹底した商品テスト・丹念な取材・言葉の操り方・編集部のお当番――元「暮しの手帖」編集部員が綴る花森安治と雑誌作りの思い出。伝説の編集者は頑固で自由な職人だった。
か-69-1

春日太一
あかんやつら
東映京都撮影所血風録
型破りな錦之助の時代劇から、警察もヤクザも巻き込んだ『仁義なき戦い』撮影まで。熱き映画馬鹿たちを活写し、東映の伝説秘話を取材したノンフィクション。（水道橋博士）
か-71-1

（　）内は解説者。品切の節はご容赦下さい。

春日太一
ドラマ「鬼平犯科帳」ができるまで
遂に幕を閉じた人気ドラマ「鬼平犯科帳」シリーズ。二十八年間にわたったその長い歴史を振り返り、プロデューサーなど制作スタッフの貴重な証言を多数収録した、ファン必読の書。
か-71-2

川村元気
仕事。
山田洋次、沢木耕太郎、杉本博司、倉本聰、秋元康、宮崎駿、糸井重里、篠山紀信、谷川俊太郎、鈴木敏夫、横尾忠則、坂本龍一――12人の巨匠に学ぶ、仕事で人生を面白くする力。
か-75-2

海部陽介
日本人はどこから来たのか？
遠く長い旅の末、人類は海を渡って日本列島にやって来た。徹底的な遺跡データ収集とDNA解析、そして古代の丸木舟を再現した航海実験から、明らかになる日本人の足跡、最新研究。
か-77-1

菊間千乃《ゆきの》
私が弁護士になるまで
アナウンサーという職業に見切りをつけ、退路を断った三十代の挑戦。涙の不合格をへて二度目で司法試験合格。弁護士としての刺戟溢れる日々を綴る、勇気を貰える一冊。（笠井信輔）
き-22-2

木村盛武
慟哭の谷
北海道三毛別・史上最悪のヒグマ襲撃事件
大正四年、北海道苫前村の開拓地に突如現れた巨大なヒグマは次々と住民たちを襲う。生存者による貴重な証言で史上最悪の獣害事件の全貌を描く戦慄のノンフィクション！（増田俊也）
き-40-1

草薙厚子
少年A　矯正2500日全記録
神戸児童連続殺傷事件から七年、「少年A」がついに仮退院した。医療少年院で行われた極秘の贖罪教育・矯正教育について初めて明かす「少年A更生プロジェクト」の全容。（有田芳生）
く-26-1

近藤紘一
サイゴンから来た妻と娘
戦火のサイゴンで子連れのベトナム女性と結婚した新聞記者が、家庭内で起こる小事件を通してアジア人同士のカルチャーギャップを軽妙に描く。大宅賞受賞作品。（井尻千男）
こ-8-1

（　）内は解説者。品切の節はご容赦下さい。

近藤紘一
サイゴンのいちばん長い日
目前に革命政府軍側の戦車が迫っていた。南ベトナム政権が消滅する瞬間を目撃した数少ない記者の一人が、混乱の只中で見た戦争の国に生きる人間の悲しみとしたたかさ。（福田隆義）
こ-8-3

五味洋治
父・金正日と私 金正男独占告白
故・金正日総書記の長男でありながら、祖国を追われ、海外を放浪するプリンスの肉声を、世界で初めてスクープした新聞記者による衝撃の書。インタビュー7時間＋メール150通！
こ-45-1

沢木耕太郎
テロルの決算
十七歳のテロリストは舞台へ駆け上がり、冷たい刃を老政治家にむけた。大宅壮一ノンフィクション賞受賞の傑作を、初版から三十年後、終止符とも言える「あとがき」を加え新装刊行。
さ-2-14

沢木耕太郎
キャパの十字架
史上もっとも高名な報道写真、「崩れ落ちる兵士」。だが、この写真には数多くの謎が残された。キャパの足跡を追ううちに、明らかになる衝撃の真実とは。司馬遼太郎賞受賞。（逢坂　剛）
さ-2-19

沢木耕太郎
キャパへの追走
多くの傑作を撮影したロバート・キャパ。故国ハンガリーを出てからインドシナで落命するまで、その現場を探索し、著者自らの写真により克明に追跡する。（田中長徳）
さ-2-20

佐々淳行
平時の指揮官　有事の指揮官 あなたは部下に見られている
バブル崩壊以後、国の内外に難問を抱え混乱がいまだ続く日本の状態はまさに〝有事〟である。本書は平和ボケした経営者や管理職に向け、有事における危機対処法を平易に著わした。
さ-22-6

佐々淳行
私を通りすぎた政治家たち
吉田茂、岸信介、田中角栄、小泉純一郎、小沢一郎、不破哲三、そして安倍晋三。左右を問わず切り捨て御免、初公開の「佐々メモ」による恐怖の政治家閻魔帳。（石井英夫）
さ-22-19